蔷薇花开

Qiangwei Huakai

北京杂文 2012—2016 文选

杨　子
王乾荣
——主编

金城出版社
GOLD WALL PRESS

图书在版编目（CIP）数据

蔷薇花开 / 杨子，王乾荣主编. —北京：金城出版社，2018.5
ISBN 978-7-5155-1671-4

Ⅰ.①蔷… Ⅱ.①杨… Ⅲ.①杂文集—中国—当代 Ⅳ.①I267.1

中国版本图书馆CIP数据核字（2018）第074906号

蔷薇花开

主　　编　杨　子　王乾荣
责任编辑　刘小晖
开　　本　710毫米×1000毫米　1/16
印　　张　19.25
字　　数　360千字
版　　次　2018年5月第1版
印　　次　2018年5月第1次印刷
印　　刷　三河市百盛印装有限公司
书　　号　ISBN 978-7-5155-1671-4
定　　价　58.00元

出版发行　**金城出版社**　北京市朝阳区利泽东二路3号　邮编：100102
发 行 部　（010）64210030
编 辑 部　（010）88637126
总 编 室　（010）64228516
网　　址　http://www.jccb.com.cn
电子邮箱　jinchengchuban@163.com
法律顾问　北京市安理律师事务所　18911105819

编 委 会

主编简介

王乾荣

箴言："大人物不屑于介绍自己，小人物反之。"但介绍自己是愚蠢的——人懂你，不必；人不懂，适得其反。我等小人物，未能免俗，借机挑"亮点"自白，不管人懂不懂。这是最长一次，也是最后一次，为自己留份纪念。

1. 中国法学会会员、全国司行政系统先进工作者

出版法治评论集《法律不是无情物》

为中纪委编撰第一部反腐电视纪录片《成克杰蜕化启示录》

2. 高级编辑，曾任法制日报评论部、特刊部主任；编审，曾任《金剑》杂志执行总编

出版《中国法制新闻精品点评》（合著）

新闻评论《花的礼赞》获"全国好新闻奖"（"中国新闻奖"前身）二等奖，新闻评论《市场经济就是法制经济》获"中国新闻奖"二等奖

多篇新闻评论获"中国法制新闻奖"一等奖

多篇新闻评论获公安部"金盾新闻奖"、民政部"孺子牛新闻奖"、中央综治委"综治好新闻奖"、团中央"好作品好论文奖"……一、二等奖，大面积丰收，但含金量稍逊

入围中国新闻编辑最高奖“韬奋新闻奖”，记协所颁奖牌虽沉，惜分量略欠，一憾

3. 中国作家学会会员

出版杂文集《时风刮过》等16部

出版文艺评论集《中国杂文十五年》（与朱铁志合著）

出版语文知识小品集《谎言的终结》

创制讽刺诗199首，其中为朱铁志“小人物系列”杂文集《浮世杂绘》配发50首

出版系列文化散文《江村故事——费孝通：乡情和学问》、散文集《雁过也》

主编辽宁社《中国最佳杂文》年选13年

常年于《检察日报》《法制日报》《讽刺与幽默》分别开设专栏《社会边上》《宣颐斋随笔》《语丝·谈片》

杂文《专家不是学术食客》《鲁迅的钱和灵魂》两获中国报纸副刊研究会银奖

杂文《潇洒的腐败学者》获“北京杂文奖”一等奖

杂文《至少让人读懂》获人民日报“金台奖”

长篇杂文《写成可以在报刊上发表的文章》获“全国鲁迅杂文万强杯大奖赛”唯一特等奖（绍兴），等于“夺魁”，一笑

杂文《“括号正”是啥东东》获“全国世强杯鲁迅杂文大赛”一等奖（西安）

杂文集《社会病管窥》获“全国鲁迅杂文奖”金奖（武汉）

杂文《动物是人的什么》入选《中学生千字议论文读本》

多篇作品被选为全国高考及各地联考、中考模拟试卷分析范文

杂文《假如记忆可以移植》和特写《检察官和她的“试验田”》分别入选河北版中学课本和人教版小学课本，鼓励小孩天天向上

杨子

1983年开始从事新闻工作，先后在包头日报，北京日报经济部、文艺副刊部、理论部、评论部任编辑记者。现任北京杂文学会副会长、《北京杂文》主编。中国作家协会会员，在全国报刊发表各类文学作品500多万字。从1993年至2009年连续荣获北京报刊“北京杂文”优秀编辑奖。2010年获《杂文选刊》杯首届全国杂文大赛优秀编辑奖。已出版散文集《红与绿》、散文诗集《云之歌》、散文随笔报告文学合集《雨丝风片》及长篇小说《黑金烈》《白雪皑皑》《鱼孽》《公安局长》《红色天网》等。多部作品被改编为电视连续剧。电视剧《缉毒警察》获1998年全国公安“金盾奖”影视文学创作特别奖；小说《鱼孽》获1999年全国首届侦探小说大赛新作特别题材奖，曾在《新民晚报》《人民公安报》等报刊连载。杂文《也该有个‘仓颉杯’大奖赛》获1993年第一届“北京杂文奖”一等奖，《待商量的儿童棋》《有女万事足》被选入北京同心出版社出版的《人生奠基石丛书》杂文卷。曾主编《二十世纪杂文选粹》《高扬杂文散文》等杂文集。

目　录

书 香

鉴 赏

钩 沉

反　刍

缅　怀

纵　笔

谐　园

编　读

跋

序

自耕的园地

段柄仁

这部文集是从2012年至2016年出版的《北京杂文》期刊中选编而成的。《北京杂文》是由北京市杂文学会主办，杂文作者们自创、自耕、自用的园地，创刊5年来，虽然也有不尽人意之处，但在这个养目养心、风范别致的文苑中，色彩缤纷的鲜花，成片成队地适时开放，不同品味的硕果，成串成排地奉献于社会，不仅助力于良好社会生态的构建，也给读者提供了在前进路上扶正怯邪的动力和精神愉悦的营养，颇受读者的喜爱和杂文界的称赞。产生如此社会效益的奥妙何在？在每期杂志封底背后的一段标识性话语作了充分揭示。现加标点抄录如下："题项——创作、探索、赏析、联谊，意旨——抉幽发微、批恶扬善、悟道明理、增识广见，风格——含蓄蕴藉、俏皮独特、杂而有章、辞茂思永，作者——无问出身、不讲位分”。这里既有办刊的方向目标，也包涵主旨要求，既坚持了“二为”，即为人民服务，为社会主义服务，也体现了“双百”，百花齐放、百家争鸣的方针。在社会主义核心价值观的引领下，使杂志成了杂文作品的孵化器、杂文理论的研展台、杂文人才的助产床、杂文队伍的聚集点。

这部文集的编纂者就是从《北京杂文》近五年刊登的文章中，分门别类，研讨比对，梳理选取其中有社会影响的、在思想或艺术上有新意有特点的、在某些方面有代表性的篇章，编辑而成。其内容是以杂文百花为主体，亦即从这块百花盛开的园地中，采摘比较新鲜、颇有韵味和品位的作品，其中不乏吸人眼球，引人深思，让人豁然开窍，以至馨香四溢、摄人魂魄的佳作，奉献于读者。同时围绕杂文百花这个主题，配之以栽花、护花、品花等论说。栽花就是如何为杂文的生存发展创造良好的环境条件，以及促其萌发、成长以至盛开绽放的思想引领、规律探索、技巧应用等方面的经验交流和理论探讨等。护花就是维护杂文的健康发展，适时给以锄草施肥、防除病害，它既包括识别与抵制外部环境对杂文事业的侵害，也包括清除杂文界自身的腐枝烂叶。品花就是对杂文加以品评，指明其价值所在、优劣所据、特色所依、得失所因，总结其创作的成功经验和不足、失误的教训，以助读者增识明理，释疑解难，加深对作品的认识并扩大其社会影响，也为作者提供价值坐标、规律性认识和创作技巧的经验，以增强其认识能力，提高创作水平。总之，这部文集所选取的文章不论栽花、护花还是品花，虽然都属论述性文体，但它又多是带杂文味的评议，不少文章可归之于杂文类，它们不仅对杂文具有理论上的指导意义，对杂文理论文章的写作方法，即使其更加活泼引人，也是丰富和发展。

笔者作为这一阶段北京市杂文学会的负责人和《北京杂文》创刊的倡导者、支持者和供稿人，对这部能全面展示《北京杂文》创刊五年的风范，代表《北京杂文》创刊宗旨和水平的文集编纂出版，十分赞赏、欣慰。首先感谢我们的杂文作者，特别是一些知名杂文家，积极参与了《北京杂文》这块园地的耕耘，以其倾心而为的作品，为园地增光添彩。感谢中共北京市委宣传部和北京日报社，对这块园地的指导和支持。感谢为这本杂志作出无私奉献的编辑人员，特别是主编杨子和执行主编王乾荣同志，他们以杂文家特有的精神风貌，长期为杂志无怨无悔一丝不苟地辛勤劳作，这本文集又是他们担负主编，令人感动和敬佩。这里不能不引起对已故朱铁志同志的怀念，生前他作为北京杂文学会常务副会长，分管《北京杂文》的指导工作，他为刊物的健康发展，付出了不少心血，他认真负责的工作精神和讲团结、顾大局的思想修养，永远是我们学习的榜样。

（作者2012年至2017年任北京市杂文学会会长，现为荣誉会长）

寄语

我们的杂文向太阳

段柄仁

在人类生存的这个星球上，什么是至高无上的？是太阳。他高贵、纯真、壮美，充满火热的激情，始终不断向我们奉献着光和热。他是生物的主宰、生命的源泉、生机和活力的动能。在漫漫荒宇中，他是闪亮的明灯，向夜空放射着温暖炫目的光芒，黑暗总是背着他，躲着他。你只要向着他就可收获光明，就能目清心净，展示亮丽。在星系的活动中，他总是以巨大的引力，团结自己的族群，按照自然形成的规律，一刻也不停地向心运行，随时吸纳志同道合者，淘汰违规和腐朽者。你只要向着他，依规而行，就会得到奋力前行的动力和勇气。在万事万物中，他以光明正大、赤热心胸、无私奉献、无间断的劳作为生存准则，最容不得不明而存，不正而立，不劳而获。一旦与腐败、污浊、腥臭等相遇，定会用光热之箭，毫不留情地射灭。你只要向着他，就会获得健康因子，使正气、豪气充满全身。

我们的杂文，应永远向着太阳。向太阳追求光明，靠光明定向、定位，始终保持正确的方向，把握明确的目标，安置适当的体位。靠光明驱散阴霾，揭示事物的真相、真情、真谛，使一些藏身于阴暗角落的魑魅魍魉，暴露于光天化日之下、大庭广众之中，显出原形。向太阳追取热能，从热能中汲取正气、骨气、勇气，凛凛然搏击于时代的风口浪尖。用热能点燃激情，高举正义真理之旗，开辟前进的航道，捍卫真的善的美的事物。向太阳追寻壮美，从阳光的灵动中，汲取其无私无畏，只讲奉献不讲获取的高贵的内在美，从冉冉升起的霞光四射中，缓缓落山的斑斓晚霞中，汲取其动人的形式美，使我们的杂文插上腾飞的艺术翅膀，炼就雄姿丽态，更有感染力、吸引力。

（2015—4）

树立“阵地意识”

段柄仁

杂文作者立足于意识形态领域争斗最前沿，是思想文化大军中不可或缺的生力军，需要有相应的、适宜的、巩固的阵地，诸如专门报刊、报刊杂文专栏以及各类网站等。阵地是杂文的立足点、聚集点、出发点，是杂文生存的重要保障，发展的必备条件。因此，杂文作者应树立“阵地意识”，积极构筑阵地，努力拓展阵地，自觉维护阵地。

近年来，伴随思想的解放、对发展文化事业重要性认识的提高，杂文界对构筑阵地的需求日渐加强，杂文报刊、专栏、网站陆续增多，这势头在不少地区和部门，发展良好，但总体上仍然远远不能适应新时期现代化建设，特别是文化大发展、大繁荣的需求。

当前社会进入稳步协调发展新常态，更需要改变杂文在文化建设中的弱势状态。过去一些政治运动中，杂文常常被作为打击对象，给人们留下了接触杂文风险过大的深深印痕，时至今日，一些人，有些还是手中有一定权力的人物，由于心灵上的扭曲烙印，仍然对杂文采取敬而远之，甚至盲目排斥的态度，一听到要办杂文刊物，举行杂文活动，心就提到嗓子眼儿上，不敢轻易表态，积极支持。因此构筑杂文阵地总是困难重重，明关暗卡，处处阻力，经过多方努力而胎死腹中的，并不少见。这就需要杂文界以凛然的气概，百折不挠的攻关精神，下大力气在各类传媒中开辟杂文领地，并逐步巩固健全，扩大影响，提升人气，充分发展杂文去浊扬清、颂美鞭丑的功能。

对杂文阵地的构筑和拓展，更要在新媒体上下功夫。当前蓬勃发展的信息网络技术，深刻改变着人们的生活状态，也给杂文开辟了创新发展的广阔天地，提出了急需解决的新课题。作为时代弄潮儿的杂文作者，应积极适应，主动融入这个滚滚而来的大潮，力争在新媒体中创办各类网站，坐拥自身领地，并探索大规模、快速度、多样化、个性化的传播方式，特别应在传统媒体和新媒体融合发展上探索新路，使杂文阵地的构筑、拓展，紧跟时代步伐，适应新的形势。

在创立杂文新阵地的同时，还应以清醒的认识，自觉地、不停顿地对已有阵地进行维护、加固和拓展。在杂文发展史上，杂文刊物和栏目被非正常撤销、取缔的事件，时有发生。原因何在？很大程度上，是杂文勇于揭丑鞭恶、“满身是刺”的特点，常常和社会丑恶现象，特别是拥有某种权力但失德、失范以至违法乱纪者发生尖锐冲突而遭到打压造成的。现实生活中，就有那么一些缺乏分辨是非能力的“糊涂官”、生怕丢掉“乌纱帽”、不敢担当的“自保官”，滥用手中权力，把本可用批评教育解决的事，以“撤职”或“停刊”手段来对待，犹如指头受点感染，却切掉了一条胳膊一样荒唐。这种自毁长城的举动，不仅解决不了问题，相反造成了新的更大的社会矛盾。怎么办？对杂文作者来说，首先应力争做到使自己的作品保持正确的方向，强化自身的正气和硬气。一旦出现这样那样的不足或差错，应勇于自我批评，虚心接受别人批评，堂堂正正“自清门户”。在杂文阵地偶发异常时，应深入调查研究，分清是非轻重，而后作出相应的警示、批评教育、纪律处分，对严重违法并造成恶劣影响又无法挽救者，应采取断然封闭、撤销的手段，否则，必将对杂文事业，进而对思想文化事业，造成极大伤害，更不可能得到群众的认同和支持。

但愿杂文阵地建设能与中华民族的伟大复兴相向同步，成为实现中国梦的有力支撑。

(2015—1)

顺应“微时代”，驾驭网络化

段炳仁

伴随网络技术的突飞猛进，日新月异，微博、微信、微视频、微阅读等迅速向千家万户扩散，深刻影响人们的社会交往，改变受众的生活方式，被人们称作“微时代”。这个时代也为杂文创作开辟了一个全新的天地，带来了前所未有的挑战。

所谓天地之新，一是网络的虚拟空间为杂文写作提供了一个充分展示个性、自由度很强、门槛又很低的平台，使杂文作者可尽心随意地展示其所思所想，挥洒自如地创新各种表述方式；二是网络空间所吸纳的让人眼花缭乱的社会生活、色彩斑斓的思想观念以及像万花筒那样变幻无穷的表达方法，汇聚成丰富多彩的生活及表现形式的宝库，对杂文创作提供了取之不尽的原生态素材。对杂文作者来说，可触发思想灵感，释放才智火花，引发深度思考，选取或提炼其中有用之材；三是网络为杂文传播搭建了一座方便快捷、全方位扩散的桥梁，它没有时间周期限制，可实现随时发表，它的终端多样，大大改变了地域的局限，它具有叠加效应，可在短时内以几何级数迅速扩大；四是网络写手中出现了一批热衷杂文的作者，其中不乏求真求善求美而深度思考者，他们那些新鲜的思想和笔法，常常让人眼睛一亮，耳目一新，为杂文写作提供了新的参照系和推动力，可以想见，他们当中必将摧生一批杂文家。

所谓前所未有的挑战，是因为网络技术的应用，冲破了传统媒体的时间和空间的局限，推动了信息的快速互联互通，对现行社会结构产生了巨大的冲击力和无所不往的渗透性，这是人类社会从工业化向信息化大步迈进的不可抗拒的潮流，人们只能顺应它，并融入其中，探求并掌握其发展规律，尽可能地驾驭它。还应看到，这股潮流在摧枯拉朽涤荡污泥浊水的同时，也会泥沙俱下，冲击人们靠以防灾护身、赖以生存发展的固有堤坝——人生观、价值观、体制、制度等等，这就需要在新技术革命的洪流中，分清进步与没落、健康与腐朽，澄清泥沙，导引流向，顺势而为，相向而动。具体到杂文写作，应充分利用网络发展带来的难得际遇和利好，进一步提升档次，扩展阵地，培育队伍，创新技巧。同时避免网络的负面冲击，坚持杂文精神崇高和心灵纯洁的操守，防止向低俗、色情、猎奇，甚至以展示丑陋为荣滑坡；坚守杂文的真心、真情、真意，向前、向上、向大众的品味，防止向虚假作秀、随风起舞、阿世媚俗、故弄玄虚转化；坚守杂文追求思想深刻、思维缜密、文笔活泼优美的境界，防止心浮气躁、急功近利、思维懒惰、浅层虚泛变异。总之只有顺应“微时代”，融入“微时代”，大力发扬杂文与时俱进的品格，充分吸收网络技术提供的营养和方便条件，克服其负面影响，才能于顺应中驾驭它，使杂文在“微时代”如鱼得水，提质升华。

(2014—2)

观念

好杂文是主旋律

张心阳

我是个军人。我认为，军人和写作不仅从来不矛盾，而且有其独特的优势，那就是军旅的艰辛，战争的残酷，献身的壮烈，重重地撞击着军人的灵魂，哪怕再笨也能吟诗为文了，因为它给人的感慨足以使血脉贲张。像曹操、岳飞、辛弃疾、文天祥、毛泽东、陈毅等，都是战争生活挤压和激发出万丈豪情和才智。军旅之人能作诗，当然也能写杂文，骆宾王的《代徐敬业传檄天下文》，黄宗羲的《原君》，当谓古代杂文之经典，只是那时尚未有“杂文”一词而不能冠以其名就是了。军人的正直、刚毅、无畏，为杂文写作奠定了性格基础和做足了精神准备。具体说来，我的写作受三个因素影响：一是家乡的桐城文化，桐城人重学崇文善辩；二是父母，父亲的叛逆精神和自信对我有遗传，母亲的善良和豁达使我耿介仁善；三是经历过战争，人生一经出生入死，还有什么足以畏惧。

“军人”这样一个特殊身份，对我的杂文创作有什么样的影响？我认为，军人身份对创作的影响只能是积极的。比如，军人应具的正直无畏的品格，正是杂文人应具的品格。在有些人看来，军人在“体制内”，坚守的原则是“服从”，这样一种生存背景还能否写杂文？对于这一点，我以为是一些人对杂文的理解有偏颇，觉得杂文是天生的坏坯子，有原罪，总是处在主旋律的对立面。错了，好杂文也是主旋律！

主旋律是什么？从音乐本意讲就是主调，从社会角度讲就是主流，或叫主流意识。对社会主流问题的反映，既可以是颂扬，也可以是探讨或批评。在我看来，杂文反映主旋律问题比任何文体都直接。历史地看，优秀杂文对于主旋律从来都是帮忙，而不是添乱。鲁迅翁“蘸血一样的墨”写杂文，以拯救中华民族于水深火热，我们能说不算主旋律吗？当年中国处于白色恐怖之中，共产党人用杂文向统治阶级要人权、要民主、要自由，不算主旋律吗？我们曾以杂文批判“四人帮”，开展真理标准问题的讨论，推动改革开放，不算主旋律吗？说杂文不属于主旋律，那是对杂文的无知；办报办刊去杂文，那是对主旋律声音的弱化。我所做的报纸理论工作和杂文创作，其实并无矛盾和冲突，只不过是认识问题角度不同，表达方式有所不同，但都体现了主旋律。

有读者说，我的杂文视野开阔、视角独特，注重“发现”和思辨，思想厚重，功力又常常用在“暗处”。感谢读者对我的认可。人们对杂文的称谓也称“小杂文”。为何要在“杂文”前面加个“小”字？它与长篇巨制相比，不只篇幅小，许多文章的思想性也确实小。所以它常常在文坛或思想界有被人歧视之嫌。作为文人，谁愿意自己写出来的东西像个丑小鸭似的，一露脸就遭人歧视呢？对此，我的写作原则是，努力写杂文，尽量别写“小杂文”。如果人们写文章常抱这样一个想法，思考想着大背景，选题想着大事情，动笔想着大手笔，这样出手的杂文篇幅虽小，而内涵一定不会“小”。至于功力用在“暗处”，那是因为用在明处就不是杂文了，杂文用曲笔嘛，杂文的深刻和美感也就在这里，否则，还不如抱个炸药包把对手炸了算了。

杂文除了要避“小”外，再就是要忌“惧”。写杂文的根本问题不是学养问题，而是胆识问题。杂文是真理的化身，我虽然不主张人人都为真理献身——全都献身了，就没人坚持真理了，但可以为坚持真理“献利”——舍去一点个人利益是应有的精神准备。当然，讲胆识并不排斥讲策略，战场上只有保存自己，消灭敌人，才是胜利者；没有消灭敌人，自己牺牲了，你还是失败者；与敌人同归于尽，固然壮烈，但也只打了个平手。对于杰出的杂文人，我的总体看法是一个字：善。公平正义、大智大勇、激浊扬清、抑恶扬善，不是最大的善吗？他们看似“恶”，这样的“恶”，其极致即为善。

(2013—1)

杂文：孜孜以求好前程

李庚辰

什么是杂文？对此，见仁见智，各有诠释。我以为，杂则不一，兼容并蓄可也。具体而言，略如下述：

其一，杂文“体杂”。用鲁迅的话说，“不管文体，各种都夹在一处，于是成了‘杂’”。具体讲，一曰内在本质杂：它是文艺性和议论性文体的杂交品，既要议论说理，又要勾勒形象，既要以理服人，又要以情感人。融形、情、理于一炉，汇各类体裁为一体。二曰论题范围杂：工农商学，琴棋书画，花鸟虫鱼，山川人物，天文地理，三教九流，阿猫阿狗，宇宙之大，苍蝇之微，都是其驰骋涉猎的天地。三曰形式风格杂：多姿多彩，不拘一格。篇幅可长可短，表情可庄可谐，可严峻可风趣，可嬉笑可怒骂，可批评可表扬，可歌颂可暴露，可委婉含蓄，可明白晓畅，可疾言厉色，剑拔弩张，可绵里藏针，皮里阳秋，因作者和论题的不同而千姿百态。四曰运用材料杂：它“观古今于须臾，抚四海于一瞬”，古今中外，经史子集，文哲数理，百科知识，以至神话、寓言、宗教、玄学，各种奇闻轶事，典藏秘籍，格言警语，典故传说，皆可信手拈来，为我所用。

但杂文也讲“不杂”：主题不杂，论旨不杂，杂而不乱，杂而凝神，是谓“杂而不杂”。

其二，杂文“好战”。只为公战，不作私斗。杂文主司批评，是战斗性文体，是“感应的神经”，“攻守的手足”，是“匕首”“投枪”，解剖刀，手榴弹。讳言批评不是杂文的个性，捧丑逐臭更为杂文所不齿。杂文“作者的任务，是对于有害的事物，立刻给以反响和抗争”，“使不是东西者流小不舒服”。“好战”的杂文具备战士的品格：嫉恶如仇，爱憎分明，对企图颠覆我们的顽敌，对祸国殃民的坏蛋，对巧取豪夺鱼肉百姓的贪官，对蝇营狗苟见利忘义的小人，它是战斗的，批判的，挞伐的，针砭的；对人民内部的缺点错误，它是批评的，疗救的，劝导的，规匡的。总之，扶正祛邪，激浊扬清，锄伪显真，惩恶劝善，是杂文的基本功能。

其三，杂文性直。杂文虽有曲笔，虽善隐喻，虽取譬迂回，但正气凛然，爱憎分明，在事实和真理面前，杂文必定是是非非，善善恶恶，好处说好，坏处说坏。不口是心非，不阳奉阴违，不投机势利，不溜须拍马，不看风使舵，不随波逐流。它秉公体国，公而忘私，为国为民，奋不顾身。它坚持正义，刺恶伐罪，烛幽洞微，揭蔽显隐。它痛打恶狗，声讨奸佞，锋芒所向，直刺要害。它如怒目金刚，义正词严，器大声洪，霹雳闪电，振聋发聩，又如粉面菩萨，九曲回还，委婉含蓄，循循善诱，润物无声。它独立思考，从心表达，举良指谬，冷嘲热讽，绝不人云亦云，拾人牙慧，绝不助纣为虐，为虎作伥。它胸怀天下，心忧家国，目正志诚，直言诤谏。它顾念草根，情愫悲悯，怜贫惜苦，为民鼓呼。它“敢与魔鬼争高下，不向霸王让分寸”，即使为文罹祸，仍志如刑天，战斗不息，勇往直前，豪气常在！

其四，杂文讲理。杂文是艺性政论，只以理服人，不以势压人。杂文的说理，一要持之有故，言之有据，据事论理。要摆事实，讲道理，剖骨解髓，细辨深究，条分缕析，鞭辟入里。这里说的“事”，或为批判的靶子，或为论说的由头，或为议论的导引，或为论证的依据。无事便空泛无着，无事即攻守失据。切不可无的放矢，无病呻吟；切不可道听途说，凭空胡诌。二要大中取小，小中见大，讲“小道理”。“小道理”乃鲁迅之说，即具体的、实在的，又非长篇大论的真道理，绝非强词夺理倚势狡辩的霸道，也非骗人害人假大空忽悠人的歪理。这里的“小”并非鸡毛蒜皮的俚论，也非宵小不然的庸议，而是从大局中取出的“小”，是透过它能够见“大”的“小”，由这“小”能够悟出大局大体“大道理”的“小”。所谓以短见长，寸铁杀人，所谓一针见血，一击致命，便是“小道理”的常态。三要寓形于理，情理并茂，形象地说理。杂文说理不是单纯的逻辑推理，还要注重杂文形象的勾勒，杂文语言的彩绘（如鲁迅笔下的落水狗、二丑等），使杂文论旨聚焦，意趣传神。

其五，杂文多讽刺幽默。讽刺源于生活真实。它将客观存在的乖谬，以夸张风趣的语言，写真纪实，显现其矛盾所在，突出其可笑可鄙可恶之处，从而收到贬斥否定之效。讽刺应严肃准确，怀有善意，不可乱用滥用。幽默是含笑的轻松的讽刺，通过影射、讽喻、双关等修辞，于微笑间揭露悖讹荒唐。幽默不是油滑，不是耍贫，它是谐谑善良的笑，在杂文中，它是恩格斯说的“进行斗争的手段”。

其六，杂文钟情杂家。熟知杂文写作ABC未必写出好杂文。好杂文出自真正的杂文家。杂文家者，“智术之子，博雅之士，藻溢于辞，辩盈乎气”者也，“横眉冷对千夫指，俯首甘为孺子牛”，“铁肩担道义，妙手著文章”者也。换言之，胸怀天下，顾念苍生；腹有经纶，心有民瘼；见微知著，敏事敢言；为国为民，舍身忘我；兴利除弊，不避斧钺者也。有如此人品和气度，有如此胆识和担当，有如此学养和才情，堪称杂文家，可望写出益国益民益于世道人心的好杂文，倘不如此，最好权衡利弊，金盆洗手，干别的去，免得误了其孜孜以求的好前程。

(2013—4)

杂文是什么和不是什么

潘多拉

一个人写杂文多年，如果突然被问“杂文是什么”，他可能会一时语塞。语塞只是暂时的反应停滞，如果给他时间认真思考，他多半还是能说出一二三来的，最起码熟能生巧，习以为常，既见过猪跑，也吃过猪肉，岂能不知猪为何物？

杂文“教科书”谈杂文的概念，大多会说杂文是“文艺性政论”。这个说法之所以得到普遍认同，是因为它很好地概括了杂文最重要的本质特征——文艺与论说的结合。杂文首先是文学、文艺，要有形象思维和直观感受，最好还有人物的音容笑貌，有生动的故事情节，能摄人心魄，引人入胜。但杂文又不只是文学、文艺，它还要有逻辑思维和理性评判，有议论和分析，有评说和引申，最好能直面残酷的现实，指点江山，挥斥方遒，富于启迪，发人深省。“文艺性”重在以情动人，“政论”重在以理服人，两者的激情碰撞与有机结合，好比年轻貌美女子爱上成熟睿智的学者，又好比异质优秀基因的“杂交”，必能生出神奇美妙的果实。

鲁迅在《且介亭杂文》序言中说：“现在是多么切迫的时候，作者的任务，是在对于有害的事物，立刻给以反响或抗争，是感应的神经，是攻守的手足。”杂文正是“感应的神经，攻守的手足”，这决定了它具有鲜明的战斗性——战斗性既表现为严厉的驳斥、激烈的反抗、主动的进攻和机智的伏击，也表现为不脱离生活，不回避矛盾，论题有明确的针对性，矛头有具体的指向，敢于直面惨淡的人生，敢于正视淋漓的鲜血。即便是谈古，目的更是论今，表面说的是外国的月亮，实际忧的是中国的土地。总之要活在当下，切中时弊，要言之有物，关乎痛痒，即便不再有“敌我”的观念，但始终不放松“攻守”的警惕。

“文艺性政论”说的是杂文的文体，“感应的神经，攻守的手足”说的是杂文的内容，鲁迅有一个概念叫“花边文学”，说的则是杂文的体量。报刊版面为编排美观，在短文外面加一个花边的框，新闻版面的花边一般加在短评、短论外面，副刊版面的花边一般加在杂文外面，故杂文称为“花边文学”。杂文要短小精悍，一般是千字文，论证应简明扼要，文字简洁有力，力求一针见血、一刀毙命，这是由杂文的政论性、战斗性决定的。你要文艺、形象地论政，要机敏、灵活地战斗，就不能故弄玄虚掉书袋，不能哼哼哈哈谈天气，不能东拉西扯言不及义，不能磨磨唧唧隔靴搔痒。否则你的空话废话还没说一半，你就要被人“攻首”，被人废了“手足”，你的“花边文学”就要变成“花圈文学”了。

以上一二三论及“杂文是什么”，其中也涉及“杂文不是什么”，如杂文不能只是文艺，不能只是政论，不能故弄玄虚掉书袋，不能东拉西扯言不及义等。很多时候，了解“杂文不是什么”，其实比了解“杂文是什么”更难得，也更有必要。

比如杂文可以风趣幽默、亲切随意，但应避免轻浮油滑、散漫放诞。现在流行见了女性叫“美女”，写字楼的年轻女白领是“美女”，扫大街的半百女工也是“美女”。这样的称呼没有恶意，无伤大雅，有时还能拉近与对方的距离，而“美女”不管到底美不美，一般也不至于有多大反感。轻松一点儿的杂文，可以是这个尺度，但如果你过于“重口味”，叫了“美女”还不过瘾，非得凑到人家脑袋边上，嬉皮笑脸可着劲儿大叫“大妹子儿”“老妹儿”“幺妹儿”“小妞”，你就违背了生活的常理常情，突破了杂文的基本尺度，等着警察来教你怎样称呼人吧。

杂文之“杂”，意味着自由无羁，不拘一格，比如杂文可以写成网络段子，可以写成微博微信，有的网络段子尖锐辛辣，有的含蓄沉稳意味深长，堪称典型的“新媒体杂文”。然而也有不少网络段子尖酸刻薄轻佻下流，有的段子写手胡诌恶搞拿肉麻当有趣，有的完全沦为充满恶意和兽性快感的人身攻击（这些我就不举例了），这样的段子就不能算是杂文，杂文也不能写成这种毫无意义的段子。

(2014—4)

“杂文”几句话

朱大路

A

不喜欢杂文油腔滑调，好像上了台只知道博噱头，骨头轻轻，站没站相，坐没坐相。

也不喜欢杂文木头木脑，好像谈恋爱时，不懂得博取对方欢心，只知道拿出报纸朗读社论。

用上海话评价人，常会出现“底子”与“头子”的轮流搭配——“底子老实，头子呆板”，“底子滑头，头子活络”，“底子滑头，头子呆板”，“底子老实，头子活络”……

我喜欢“底子老实，头子活络”的人。这种人，既忠厚、可靠，不出纰漏，不会让人上当，又施得出身段，拿得出办法，打得开局面。

一篇好的杂文，也应该是“底子老实，头子活络”。用标准的现代汉语来说，可以表述为—

“一个老实人，机智地对世界发表批评意见。”

B

既然是“批评意见”，就必然是带批判性的，所以“批判元素”是杂文的第一元素。杂文没有批判，就不成其为杂文。杂文当然也有表扬的，但表扬成不了杂文的主流模式，而且表扬经常是与批判交融在一起的。

既然是“机智地”，就必然是带文学性的，所以“文学元素”是杂文的第二元素。文学有感染力，有些道理，用理论来诠释，冗长，沉闷，让人听着累；用文学手法，两三句，便活灵活现，味道浓酽。让文学参与进来，实在是写杂文最聪明的办法。

既然是“对世界”，就必然要提供世界的各种信息，让观点由信息而生，所以“信息量”是杂文的第三元素。当今世界，信息量充沛到要爆炸，随手拈来，便可成文。请注意：介绍信息要新，引用资料要新，开掘历史要新。不要只会引用《红楼梦》，好像你一辈子就靠《红楼梦》吃饭。

“机智地对世界发表批评意见”，一句话涵盖了三大元素！

C

要批判，就需要争鸣。争鸣是杂文的常态。这个地球，可以争鸣的话题太多了，而已经争鸣的话题却少之又少，不成比例。这让人感到遗憾。

要批判，就需要探险。探险是杂文的高难度动作。看跳高比赛，最精彩的，不是一跃而过的轻松瞬间，而是前脚越过、后脚却擦碰到横杆、使横杆晃了又晃而最终没有掉下来！对探险的杂文，也应作如是观。

D

在对杂文的魅力津津乐道的时候，不必多指责时评，说它面孔如何铁板、如何不招人喜欢，等等。

时评是另外一种招数，是办报纸不可或缺的吃饭手段。时评的妙处是“短”、“平”、“快”，一桩新闻刚刚发生，写杂文还来不及推敲文采，时评已经推上版面了。

各有各的用场！杂文，你只管好自己的事，不去对隔壁“邻居”说三道四，行吗？

E

形象化、幽默、诗情、悬念，分别是杂文文学性的一翼。屡见阐述，不拟重复。只想对幽默再说两句。

刚收到北京刘齐寄来的《刘齐集》。《刘齐集》从骨子里透出一种幽默，这是融化在血液里的幽默，是镶嵌在基因里的幽默。这种幽默是很难模仿的，因为它是人的一种禀赋，而不单是外在的几个句子、标点而已。

让幽默成为人的禀赋吧！从禀赋中流淌出来的幽默，才自然，才圆熟，才让人忍俊不禁！

F

杂文的形式，经过杂文界诸公的挥汗耕耘，已相当完备：驳论式，散论式，小杂感式，辨析式，叙述式，抒情式，对话式，讽喻式，荒诞式，文言式，互补式，人物塑造式，故事新编式……

只举两种瞧瞧。

——小杂感式：一般分成多段，每段文字精短，见解精辟，常能收到“言简意赅”之效果。文章的开头、结尾往往最能出诗意，可惜普通杂文只有一个开头、一个结尾，而小杂感式有多个开头、多个结尾，所以诗意比普通杂文更浓郁。林奇的《奇谈怪论》是成功之例。请看其中一节——

“人变得越来越浮躁，越来越没有耐心了。文字超过一千就读不下去了；视频超过五分钟就懒得点开了；距离超过一百米就要开车了；两人在一起超过一年就无话可说了。会不会在不远的某一天，生命超过三十年就没耐心活下去了？”

向写出这种文字的林奇先生致敬!

——人物塑造式：用极其简练的文字，勾勒人物，点破题旨。这方面，流沙河塑造的Y先生，是个典型。流沙河的文字，已经到了“惜墨如金”的地步，有时甚至是一句话，就把Y先生善于冷嘲热讽的个性烘托出来，而寓意深远，收揭露时弊之效。仅举两例——

“夜读‘文革史’，窗外鼠窥灯。Y先生盯着窗外说：‘我看见的是一片黑暗，它看见的是一片光明。人鼠之间没法认同，哪怕彼此距离很近。’”

“Y先生对左老爷说：‘从前我黑，你们自来红。现在我穷，你们首先富。’”

向写出这种文字的流沙河先生致敬！

G

上海浦东这块热土，已经孕育出夏友梅这样的故事大王，也一定会孕育出未来的杂文大家。这是土地决定的。土地出人物，符合唯物论。

“认识论”解决宏观问题，比如杂文要以天下为己任啦，要忧国忧民啦，雄赳赳的话语一箩筐。“方法论”则研究具体问题，比如用哪些措施来提高作者的语言修养啦，一次学习班须达到哪些目标啦，等等，都是实打实的举措。

对我们来说，“实打实”比“雄赳赳”更紧迫！

(2015—1)

杂文，别作那个秀

张雨生

几年前，某地举办弱智力画展，从当地报纸选登的几幅作品看，画面都很杂乱，画意都很朦胧。参照画题的启示，认真琢磨，多少能猜出一点儿作者的创作意图。弱是弱，智力还是有的，脑袋并非糨糊桶。

画展办就办吧。为弱智者提供展示才能的机会，增加他们的自信力，未尝不是一件好事。但是，举办者的目的似乎不在这里，他们只在乎宣扬“弱智画”是“抽象画派的一枝奇葩”。

那时候，朦胧美如日中天。搞出这么一枝“奇葩”，是要证实朦胧美的真谛在于彻底排斥艺术中的理智。艺术需要才气和灵感，排斥了理智，不知那才气和灵感从哪里来。这么着，作秀的目的不仅不能达到，反而让人不屑：弱智力能达到的艺术境界，那境界能有多高？弱智力能创造出的朦胧美，那美又能有多妙？以弱智力的作品作为自己的“奇葩”，这只能说是画界的自贱。

朦胧美由画及诗，由诗及文，很是时兴了一阵。我当时写文戏说了几句：弱智力既然可以作画，当然也可以作诗、作文。办了“弱智力画展”，还应该编几本《弱智力诗选》《弱智力文选》。“弱智力画展”成了画界的“奇葩”，《弱智力诗选》《弱智力文选》也一定能成为诗文界的“翘楚”。真没想到，我的戏言竟然成了科学预言。

请看：新一届人民文学奖诗歌奖，被隆重地颁给《食指的书》作者。这项奖空缺多年了，这次也仅颁给两个人，另一个叫海子。食指本名叫郭路生，1948年生，是个一直生活在精神病医院里的精神病人。

照抄颁奖者对食指的的介绍吧：“关于食指精神分裂的原因，有多种说法：一说‘文革’的极‘左’思潮影响到部队，食指内心的理想与现实发生了极大的冲突；二说是因入党外调，学校档案里有‘文革’初期他因写诗被审查的材料；三说诗人恋爱受挫。1975年，食指与李立三之女李雅兰结婚，七年后离异。”

由此可见，食指患精神分裂症，始于“文革”，贯穿于整个新时期。也就是说，他的诗歌创作的全部过程，是与他的精神病共存的。

历史上也有这种情况：最有思想的人，因不合时宜，被认作精神病，受到迫害，送进精神病院。这种精神病人写出的诗与文，当然会闪耀着思想的光芒。但是，食指不属于这种情况。他患的精神分裂症，是由现代医学检测出来的，至今他还住在福利院疗养。

人民文学诗歌奖，就这么着树起了自己的旗帜。他们选择的虽然不是弱智力，却是一个道地的精神分裂症患者。新诗的不景气，是人们都看得到的，这般自贱下去，又如何景气得了。

我丝毫没有不屑于食指的创作，相反，对他的辛勤劳动还怀有敬意。一个精神病患者，长期住院疗养，还坚持写诗，可见他对诗多么痴情。这痴情是可爱的。我所不屑的，是某些人用他来作“秀”。

弄杂文的，也曾有人欢呼过朦胧，甚至自以为得风气之先。好在有几位老杂文作家保持清醒头脑，严肃地批评了这种风气。杂文若排斥了理智，走向朦胧，真不知会是什么样子。幸亏仅有善始者，而未有善终者。想学画界，选弱智力作“奇葩”；想学诗界，拉精神病人作“翘楚”，也能找到合适的对象。应该说，这是杂文的幸运。杂文千万不要自贱，别作那个“秀”。

(2015—4)

杂文之“文”：文明、文化、文学、文雅

朱铁志

简单说来，我喜欢文质彬彬、杂而有文的杂文。我之所谓杂文之“文”是文明之文、文化之文、文学之文、文雅之文。

所谓文明之文，是说杂文所昭示的思想观念也许不是最新的，但它必须是符合人类文明精神的。它拒绝在正义幌子下的倒行逆施，反对在集体名义下的一己私利，排斥在文明假相后的野蛮粗暴。一切陈腐的、恶浊的、反人性、反人道的思想主张和集权意志都与杂文无缘。

所谓文化之文，是说杂文必须有学养灌注、学理贯通、学问滋养。朱光潜先生说过，“不通一艺莫谈艺”，即不通晓一门具体的艺术最好不要妄谈美学和艺术规律。写杂文也一样，空怀一腔热血

是不够的，必须有自己的精神家园和思想依托。那家园和依托，便是深厚扎实的学问基础。文、史、哲、政、经、法，抑或天文地理、花鸟鱼虫，总要通晓一门，略知其他，这是为文的起码条件。

所谓文学之文，是说杂文作为文学的一支，必须遵循文学创作的一般规律，讲究形象思维、框架结构、遣词造句。文章总要体现文学的一般特征，读来不仅有思辨的震撼，也有文学的愉悦，让人齿颊生香，回味无穷。

所谓文雅之文，是指杂文的一种内在气质，它是文明、文化、文学综合作用到一定程度的自然结果，是一种下意识的流露，是一种不经意的表达，好比腹有诗书的谦谦君子，又好像长于名门的大家闺秀。那种只可意会不可言传的文雅，是长期修炼、自然积淀的结果，火候不到，是学不来的。东施效颦，徒增笑柄而已。

杂文的繁荣有赖于大环境的改善，比如思想解放程度，社会的宽容程度，人们的接受程度等，杂文若想孤立繁荣几乎是不可能的。杂文只有更加注重学养灌注、提高思想含量和文学水准，才能发展。杂文的繁荣程度，取决于人们群众需要的程度。

(2016—4)

争锋

关于“鲁奖”落马的告白

梁衡

鲁迅文学奖评完已经三天。《洗尘》一书先一路顺利入围，后突然落马。我本想不再说一句话，但是朋友们、热心的读者、出版家、编辑、教师们总是问，我猜想，因为许多文章他们是读过、编过、评过也是作为教材讲过的，就想急于对个标准答案。我不能总是装聋作哑，对人不敬。那么，就只说一句吧，是书中的一篇文章《张闻天：一个尘封垢埋愈见光辉的灵魂》惹的祸。拙文网上就有，大家可以自己去看。这是一篇批“文革”的文章。写张闻天怎样在庐山会议上抗争，在“文革”中抗争，在牛棚里怎样夜读鲁迅，最困难时还手抄了鲁迅的这段话安慰自己：

只要能培一朵花，就不妨做做会朽的腐草。

革命者为达目的，可用任何手段的话，我是以为不错的。所以即使因为我罪孽深重，革命文学的第一步，必须拿我来开刀，我也敢于咬着牙关忍受。杀不掉，我就退进野草里，自己舔尽了伤口上的血痕，绝不烦别人敷药。

张的本意是，如“文革”真有意义，他愿受苦，愿被拿来开刀，成腐草。同理，如今天拿这篇文章来开刀，鲁奖就能走出困境，我愿意。只是“我真傻，真的”，没有想到“文革”遗风，没有想到张闻天会被“鲁奖”关到门外。

另外，为什么三天过去了还是要说句话，就是我必须公开对那四位在打招呼后，仍然勇敢地坚持投我一票的评委表达我的尊敬和感谢。不能人家站了出来，我却在草丛里装哑巴。这四位同志，三位报人，一位艺术家，坚持行使评委权力，我竟然没有得零票。大报风范，寒梅风骨。

还有，每次“鲁奖”之后人们总是一窝蜂地评论诗歌的艺术水准，谁该上，谁该下。因为，诗歌通俗一些，也重形式美，好评说。但我倒是希望读者、评论家多关注一下作品的内容，无论是诗歌、散文、小说，也不必管入选的还是落选的作品，去做一点研究，为了文学。毕竟鲁迅还是思想家，这奖还顶着他的名呢。

2014年月8月14日

(2014—4)

包子铺里没包子

阮 直

干啥吆喝啥，吆喝啥就得有啥，不能打着包子铺的幌子，把门脸也涂抹得金碧辉煌，可出售的却是馒头、煎饼、饺子、馅饼，甚至有汤有水的馄饨、面条都不缺，单单没有包子。这样包子铺还算包子铺吗?

现实中绝没有这样的开店老板，如果有，他那个“幌子”恐怕早就会被人踢下来了。可文坛有，文坛就有这样的包子铺，俗话说：客大欺店，店大欺客。文坛的这家包子铺就是一家“大店”，大到了有“中国综合性文学最高奖”之称，他就是以鲁迅名字命名，每四年评选一次的“鲁迅文学奖”。

“鲁迅文学奖”共设中篇小说、短篇小说、报告文学、诗歌、散文和杂文、评论、翻译7大奖项。在当代文学的几大体裁中，唯独杂文不单列，并到散文之中，这种合并同类项的做法就像把林黛玉与刘姥姥算做一家人，反正她们都是女人，不用再细分了。不知这算幽默还是算荒唐。

古代有把无韵之文统称为杂文一说，当下的组委会就逮住了这一条比木乃伊还古老的说法，好像就找到了散文、杂文是一家的理论根据。可每一个稍有文学常识的人都知道，当代杂文从1919年之后就是一个完全有独特文体与语言风格的现代文学品种了。不信你让一个中学生写一篇散文、写一篇杂文，他一下笔的第一句话就会呈现出完全不同的语言风格与语气，就更别说杂文与散文之间内质的根本区别了。

这就像非要把鲁迅的杂文与他弟弟周作人的闲适小品放到一起评奖，评委倒是敢评，可谁能评出彼此的高下与优劣呢？刚刚结束的第六届“鲁奖”评委会就把刘亮程那种虚构出来的散文放到陈四益那种贴近现实、关注民生的杂文一起评奖，而且刘亮程满票，陈四益是零票，这是他们作品之间的艺术差距吗？没人相信，不信者咱们闭着眼睛随意抽出几篇刘亮程与陈四益的作品放到网上，让大众点击一下，看看谁的作品更有读者，能完全一边倒吗？

说到底，就是大包子铺不想卖包子，因为杂文这个包子惹过祸，杂文这个包子褶子虽说不难看，可是馅儿有些苦。如今某些权威的口味都顺着生理的基因来，喜欢甜食，拒绝辛辣与苦涩，可杂文这种文体天生就不是报喜鸟，长着一张乌鸦嘴，谁要贴上杂文，万一招惹来麻烦那就多一事不如少一事了。于是，就尽量淡化杂文这个品种吧。已评出的五届鲁迅文学奖，就是不让杂文作品独立参评，已有两届让杂文空缺，刚刚揭晓的第六届又没有杂文集获奖。

其实，老夫不是主张杂文家们非要争鲁奖这个名分，就像“茅盾文学奖”，人家评委会开明宗义就说了，“这是长篇小说奖”，就没有诗人再去就凑热闹，连写中篇小说的人也没人指责“茅奖”为什么不评中篇？就像“冰心散文奖”，没有写杂文的人也非要去参评。“鲁迅文学奖”不把杂文放在首位也就算了，鲁迅是中国现代文学的奠基人，借用鲁迅的名声干文学事业也算是对鲁迅的尊重了，可最大的尊重是对一个人精神与灵魂的折服，而不是把他供在神龛之上，给个香火缭绕糊弄人，我这边已经另立门户了。

鲁迅是一个有独立思想的知识分子，他的精神是民族的魂魄，他的作品是对当时文化已经不化了现状的搅动，他的杂文是对我们国民性暗角里藏垢纳污的洗涤。

那么，当杂文变成了一道有馅的甜点时，能“另挑门户”独自参评“鲁奖”吗?

(2014—4)

恭喜陈四益未得“鲁奖”

杨学武

第六届鲁迅文学奖（以下简称“鲁奖”）评选结果揭晓，爆出其奖项空缺的冷门——该奖项之“散文杂文奖”，只有散文“独占花魁”，杂文却“名落孙山”。以“当代杂文祖师爷”鲁迅命名的奖项，竟然独独让杂文空缺，这岂不是让鲁迅“无颜以对”吗？难道说他老人家后继无人？难道说杂文真的“不能登大雅之堂”？据说知名杂文家陈四益的杂文集《忽然想到》曾入围，结果却是令人难以“忽然想到”——竟然没得到一个评委的投票。于是有杂文家愤然不平，认为此事“乃当今文坛一大奇观，一大笑谈”。

陈四益先生是我比较尊敬和喜欢的杂文名家，常与他在文友聚会中“不亦乐乎”，也常在他的杂文专栏里“不亦说乎”。按说于情于理我也应该为他未得“鲁奖”而遗憾，而难过，而不平……可不知为何我以往那种“幸灾乐祸”的老毛病又犯了，不仅没一“而”再“而”，反而感到庆幸和高兴。

我如此“心理变态”地“幸灾乐祸”，当然不是有意“恶搞”陈先生。一些追名逐利的所谓诗人、作家、评论家，不择手段“跑鲁奖”——或向评委进贡为自己的奖项拉票；或请名人写酷评为自己的奖项造势；或找有关部门暗箱运作为自己的奖项摆平；或要有关领导出面打招呼为自己的奖项搞定……倘若鲁迅先生九泉有灵，一定会强烈抗议不准以他的名义行如此苟且之事，还会怒骂那些争名者的无行。

倘若陈先生也“如此如彼”了，“鲁奖”项下之杂文奖倒是完全可以取消了——杂文家拿自己的“矛”刺自己的“盾”，岂不是自我讽刺吗？

我要向陈先生致敬，他没得“鲁奖”，却能得到我等杂文同辈的好评，倘若鲁迅先生地下有知，也会为有这样一个弟子而骄傲！

当年有人攻击杂文的兴起是“中国为什么没有伟大的文学产生”之原因，鲁迅不屑一顾，严词驳斥道：“不错，比起高大的天文台来，‘杂文’有时确很像一种小小的显微镜的工作，也照秽水，也看脓汁，有时研究淋菌，有时解剖苍蝇。从高超的学者看来，是渺小，污秽，甚而至于可恶的，但在劳作者自己，却也是一种‘严肃的工作’，和人生有关，并且也不十分容易做。”如今不把“鲁奖”给杂文，对此，我们也要有鲁迅先生的态度，并做好自己的“严肃的工作”。

(2014—4)

脸书

为繁荣杂文事业呕心沥血

——忆杂文前辈胡昭衡同志

杨 子

2016年11月9日，是北京市杂文学会创始人之一，学会第一届、第二届会长胡昭衡（笔名李欣）同志逝世14周年纪念日。凝望书橱里胡老送我的杂文集、诗词选集，翻阅胡老和我的往来书信，心中充满了对胡老的怀念之情。

一

胡昭衡同志，是我所接触到的革命前辈中最为熟悉的一位。知道胡昭衡的名字，是上个世纪80年代中期在包头日报社工作时。我父亲是一位老八路，对胡昭衡非常崇拜和敬仰，曾和我提及过胡老。一次，我在报社资料室翻阅一本杂志《妇女指南》，头条刊登的是胡昭衡夫人林以行写的一篇文章，题为《革命与家庭》，看后对胡老的革命经历和他们幸福和睦的家庭有了一定的了解。那时，我还是个热血青年，狂热地写诗和散文，并没有读过胡老的杂文作品。

1988年，包头市杂文学会成立，胡老发来热情洋溢的贺信，给学会以很大鼓舞。为此，包头日报社领导决定在文艺副刊增加一个《杂家》版，由我负责，每期头条发一篇杂文。1989年初，包头市杂文学会选编了第一本会员杂文集《云杉集》，由我和学会副会长阎充英一起到北京，请胡昭衡为该书作序。

胡老在北京木樨地他那宽畅、明亮、简洁、摆满书籍和字画的书房里，热情会见了我们。他那时已70多岁，精神矍铄，满头银发，脸上挂着微笑，欣然应允了我们的要求。现在重读胡老为《云杉集》写的序，倍感亲切。

1990年，全国杂文学会联谊会第6次会议在福州召开，胡老特邀包头市杂文学会参加，我有幸与会。这次会上，我见到了杂文界的三老——高扬、胡昭衡、罗竹风。会中聆听各地杂文家的发言，我感到很新鲜，也很有收获。会后，我写了篇专访胡昭衡同志的文章，发表在《内蒙古日报》上。

1992年初，我突然接到胡老的电报，说《北京日报》的《北京杂文》专刊需要一名临时编辑，问我可否来帮忙？我父亲看后高兴地说，胡老德高望重，亲自来电，你还犹豫什么？

就这样，我于1992年4月来到北京日报社。《北京日报·北京杂文》是由北京市杂文学会和北京日报合办的专刊，1986年创办，因特殊情况，请我来临时帮忙。我开始把精力投入到办杂文专刊上。一年后，我正式调入北京日报社。除编辑工作外，我还参与学会各项工作，从发展会员、办会员证，到印制会员通讯录、填写年检表等，办了很多杂事。

此后，我有了和胡老更多的接触。我不但编发、阅读过胡老的一些时论、杂文，还经常得到他的帮助和指教。胡老晚年勤奋写作，笔耕不辍，他博览群书，历史、哲学、经济等各个领域均有涉猎。1999年，《北京日报》杂文版在胡老倡导下，开辟了“经济语林”栏目，并举行了“经济杂文征文”活动，受到读者欢迎。

二

胡昭衡同志在内蒙工作生活了18年，对内蒙古有着深厚的感情。1963年，他任内蒙古自治区党委书记处书记时曾兼《实践》杂志总编辑，即在《实践》杂志开辟《老生常谈》专栏，并亲自撰文，在读者中产生过较大影响。后内蒙古人民出版社把他的这些杂文编成《老生常谈》一书出版。“文革”中这本书竟成了他“反党、反社会主义、反毛泽东思想”的“罪证”，还是周恩来总理亲自过问，才结束了这场“笔墨官司”。1979年，《老生常谈》再版，陆定一写序说，“再版表示，这本书到现在还有它的生命力”。陆定一称赞道，“李欣是老实人，是实事求是的人”。著名作家罗竹风在胡老第二本杂文集《老声新弹》序中，称胡老杂文“取材更加广泛，涉及世态人情，剖析深刻，恰如其分，即使针砭社会弊端，也合情合理，意在疗救”。后来，胡老又出版了第三本杂文集《老干新枝》。他这“三老集”，可称之为杂文三部曲。

胡老爱好广泛，早在20世纪30年代，他就写过小说《乡居杂记——夜行》，被沈从文选中，沈从文当时已是文坛名家了。后来，胡老在抗日救亡的大时代召唤下，投笔从戎。建国以来，胡老坚持写杂文、记日记、习毛笔字。他还喜欢吟诗言志，这从他出版的《李欣诗词集》中可窥见一斑。

三

有段时间，我在编辑杂文工作中，遇到了一些困难和挫折，想打退堂鼓。一些朋友曾问我："你一个写诗的人，为什么和杂文打上了交道，干这个枯躁又费力不讨好的工作呢？"还有人说："杂文界很复杂，不适合你。"细细想一想，自来北京每天都忙于杂文学会的事，文章写得少了，也早已没有写诗的闲情逸致了。手头准备出版的散文诗集也放在了一边。当我和胡老说了我的想法和为难情绪时，胡老说："搞杂文并不影响你写其他文章，我支持你业余创作，写你想写的、适合你自己风格的文章吧。"胡老的话让我感到振奋，也很惭愧。想想胡老这么高的职位，年事已高，本应享受闲逸生活了，还热衷于杂文事业，他图什么呢？如果不是革命工作需要，胡老也许早成了一位文学大家了。从那以后，不论遇到什么困难和阻力，我都没有动摇干好杂文编辑工作的信心。在胡老和众多杂文作者的支持下，我办杂文专刊坚持了20年。在这期间，我业余也写了一些散文、报告文学和随笔，结集出版了《雨丝风片》。1993年，我出版了散文诗集《云之歌》，胡老为此赠诗一首："云月花野散文诗，情景交融女儿思，性灵意钟人间趣，才入江海梦入丝。"我很受鼓舞。

四

胡老工作上一丝不苟，生活十分简朴。特别是，他待人热情，乐于奉献。北京市很多杂文作者得到过他的无私帮助。有哪位文友出书，请胡老作序，他有求必应。发现谁思想、工作和生活方面遇到困难，胡老都会慨然伸出援助之手。他还用自己的工资资助贫困地区。胡老对同志古道热肠，记得我刚到北京的第一个春节，胡老便来家中看望，给刚上小学一年级的女儿赠送他的杂文集，上面写着：“送给丹丹小朋友！”下面落款是“你的大朋友胡昭衡”，风趣幽默，还送女儿100元压岁钱，让她买喜欢看的童话书籍，女儿至今还保存着胡老当年送她签名的杂文集。

五

胡老晚年为繁荣杂文事业，团结壮大作者队伍，为杂文新人的培育呕心沥血，孜孜不息，功高德勋。全国杂文学会联谊会每次开会，都倾注着胡老的心血。1998年“世纪之交与杂文”研讨会暨全国杂文组织第13届年会在北京召开。胡老不顾年高体弱，坚持驻会。各种讨论会、座谈会他都亲自参加，给与会代表以很大鼓舞。北京市杂文学会成立10周年时，他和会员亲切交谈，一起吃盒饭，深得会员爱戴。而就在这次会议之后不久，胡老病倒了。

1999年8月，我们到北京医院看望胡老。那天，胡老的精神状态尚好，虽不能讲话，但能用笔和我们交谈。我向胡老汇报了《北京日报》扩版后的变化和报社领导对杂文版和杂文学会的支持，并给他带去几份报纸。胡老露出欣慰的微笑，用笔写下“谢谢报社领导和同志们，遗憾的是我不能和你们一起战斗”这句话。我们都盼望着胡老早日康复，可没曾想到，这次和胡老的见面，竟成了诀别。

作家柳萌先生写过一篇文章，题为《见证第一个杂文学会成立》，在这里我想用其中的一段话作为本文的结尾。柳萌先生在文章中写道：“担任两届13年会长的胡昭衡如今已离开人世，但是他对杂文和杂文学会的贡献，任何知情人都无法否认。自1985年成立以来的19年间，杂文联谊活动始终没有间断，作为过去的报刊杂文编辑，作为最早见证杂文学会成立的人，看到今天杂文创作如此繁荣，我从心底感到无比的高兴，同时也为胡昭衡的远见和勇气感到由衷的敬佩和感动，如果没有他首先的倡导和组织，哪里会有全国各地的杂文学会？假如有一天谁来编写杂文史，或者有谁在大学讲授杂文课，我愿意用这篇小文章提供线索。记住：在繁荣杂文创作和杂文学会成立上，官员兼杂文家的胡昭衡（李欣）是一位起到关键作用的领导人物。”

胡老活在我们心中！

(2013—4)

严正而秀美

——我眼中的曾彦修先生与杂文

朱铁志

说到新时期杂文，必须说到严秀（曾彦修）先生，就像说到中国杂文，必须说到鲁迅先生一样。他们是不同时期的两座绕不过去的高峰，鲁迅先生开辟了现代中国杂文“社会批评”“文明批评”的广阔道路和光荣传统；严秀先生在当代中国继承和发扬了这一光荣传统。离开这两个人，就说不清楚杂文为何物。说严秀先生是鲁迅先生的当代传人，丝毫不为过。我曾不揣浅陋地写道：“在中国当代杂文史上，严秀先生是一个独特的存在，是所有杂文作家和杂文史家必须师法和面对的对象。是他，系统开启了新时期杂文创作的先河，提携和发现了一大批老中青杂文作家，迎来了杂文创作的春天；是他，集中编辑整理《中国新文艺大系杂文卷》（1949—1966，1976—1982），使杂文发展的历史渊源有了一个清晰的脉络；是他，最早系统研究分析当代杂文创作规律，提出了一系列富有创见的理论观点，对后来的杂文创作起到了全面的指导作用。何满子、邵燕祥、牧惠、刘征、舒展、蓝翎、章明、陈四益、黄一龙等前辈杂文家与严秀先生亦师亦友，中青年杂文家自觉拜严秀先生为师，以能做他的学生而感到自豪。

严秀先生是一位极其朴素而谦逊的长者，他从来不曾以师长自居，反而撰写文章自谦《牧惠文章是我师》。他以崇高的人格、宽阔的胸怀、深邃的思想、渊博的学识、卓尔不凡的见解，深深地影响教育了几代杂文家，深刻地影响了当代中国的杂文走向。特别是他以一个真正共产党人的坦荡胸怀和极大的政治勇气，以翔实的历史解密文件和铁的逻辑为依托，本着对党和国家负责、对历史和人民负责的精神，实事求是地反思党的历史，深刻剖析苏东剧变的社会历史根源和思想根源，写出了《半杯水集》《天堂往事略》《平生六记》等一系列分量极重的著作，得出振聋发聩、发人深省的结论。其影响，已远远超出了杂文界，超越了文学艺术的一般范畴，应该说是研究当代中国政治思想史、苏共演变史难得的真话文章和历史佳作。在所有敬重严秀先生的后学看来，他不仅是一代宗师、一位杰出的杂文领袖，而且是一位真正的马克思主义者，一位极其难得的敢于坚持真理、坚持说真话的深刻思想家。

作为晚辈，我没有资格评说严秀老的成就。他的贡献是多方面的，仅就杂文领域而言，就在创作、评论、理论建设、提携后人、助推出版、完善组织等诸多方面具有创造性的贡献。拜牧惠先生所赐，我有幸于上个世纪八十年代末就结识了早已敬仰的严秀先生，从此或当面请教，或电话书信往来，多次得到严秀老的鼓励和教诲。那些年中，老先生们经常于严秀居住的方庄附近聚餐，我得以叨陪末座，静听先生们纵论时事、评点世相，受益匪浅。2004年秋季的一天，已经85岁高龄的严秀老写信给我，说他手头有不少杂文散文集，多是各省市杂文家题赠给他的。考虑到年龄等因素，以后可能用到的时候越来越少了，问我愿不愿意接受这批书。看了严秀老的信，我激动良久，感慨万端。我知道，这不是一般的赠书，而是老人家对后学的信任、提携和托付，心中充满了接受馈赠的感激和承受使命的庄严感。多年来我之所以能做一点杂文选集的编选工作，在很大程度上得益于严秀、牧惠、舒展、蓝翎等前辈杂文家的馈赠和提携，感激和感动之情，无以言表。

严秀老搬到林萃路附近的部长楼居住后，我和几个中青年杂文家隔一段时间就去拜望他老人家，汇报杂文界的近况，谈论我们对各种社会现象的看法。我所主编的《中国新文学大系杂文卷》（1976—2000）出版后，特意恭恭敬敬地送呈严秀老过目，老人家端详良久，连声说好，使我很受鼓舞，觉得自己终于做了一件可以让老人家略感欣慰的事情。

2015年3月3日4点43分，严秀老永远地离开了我们。这几天我把老人家题赠给我的《牵牛花蔓》《当代杂文选萃严秀之卷》《一盏明灯与五十万座地堡》《半杯水集》《天堂往事略》《平生六记》《京沪竹枝词》等著作一一放在案头，怀着崇敬的心情逐一打开，仿佛看见老人家的音容笑貌还在眼前，他的著作中极其丰富的精神营养将长久地滋养我们。我知道，老人家生前立下遗嘱，将器官捐献给需要的人，将遗体捐献给医学科研和教学工作。他是以自己独特的方式，将精神和肉体一切可以奉献的东西毫无保留地留给了后人。想到此，我的心中不仅充满感动和崇敬，更涌动一股前所未有的力量。哲人其萎，精神不死。遥望前路，信心充盈。

严秀老永远活在我们心中。

(2015—2)

“康师傅”的“业余”奉献

段柄仁

康式昭把他的著作，搜集整理，编成文集出版，共8卷，洋洋350多万字。可喜可贺，可敬可佩。

在上个世纪50年代，康式昭是北京大学名噪一时的才子，曾任学校团委宣传部长，团办大学生刊物《红楼》杂志主编。60年代，他调入中共北京市委理论刊物《前线》编辑部，曾编发署名吴南星的《三家村札记》。因此，在那场史无前例的“大革文化命”风波初期，他被“理所当然”地划入“扫荡”之列。“文革”后，他先后担任中共北京市委宣传部文化处处长，北京市文联党组副书记、书记处书记、副秘书长，在文化部政策法规司司长位上退休。

康式昭不论被捧还是挨批，不论当民还是当官，不论环境如何变化，写作成了他生活不可或缺的主要活动，展示生命之光的重要手段。他用手中笔，探索过多种写作形式，可以说，除没有留下脍炙人口的诗歌外，在文艺创作和思想评论的多个领域，他都奉献了不少精品创作。小说类，他有长篇小说、中篇小说、短篇小说、小小说；影剧类，有话剧、电影剧本、电视短剧；评论类，有文艺评论、文化研讨、思想评论。长篇小说《大学春秋》（与奎曾合作），是反映新中国大学生活的第一部长篇，1965年末《收获》杂志刊出前半部，但“文革”风暴袭来，即遭腰斩。“四人帮”倒台，该书1981年由人民文学出版社推出，当即在北京电台“长篇小说连播”节目中，由瞿弦和、张筠英伉俪联袂演播。1983年它又被列为数十家出版社推荐的中学生暑期读物，并被数十万中学生投票评为“最喜爱的十本书”之一。评论作品中，《说戏·戏说》专集，包含了评论一百余部戏剧作品的文章。其间，戏剧评论《捧出一个新样的曹操——评〈雀台歌女〉》《闪耀着人性光辉的生命选择——评吕剧〈补天〉》，先后获田汉戏剧奖、评论一等奖和二等奖。青年读物《愿你有一双明亮的眼睛》及《你我他之间——人怎样对待人》被评为中国首届优秀青年读物二等奖。文化建设论文《关于文化扶贫工程的思考和建议》，被评为1994年度中宣部“五个一工程”奖入选作品。他还写了大量文艺性散文、报告文学，主编《中国改革全书·文化体制改革卷》，参与主编10卷本《有中国特色社会主义文化理论建设丛书》，选编优秀杂文选读卷《嬉笑怒骂匡时政》等。

在康式昭的诸多创作中，最突出、社会影响最大的是杂文。在8卷文集中，杂文占了两卷，而这两卷并非杂文的全部，而是以从严选择的标准，从新时期创作并结集出版的4部杂文集和2002年3月以后发表的杂文中选取的。其中，《呼唤伯乐——改革嬗变中的不和谐音》《“挂羊头卖狗肉”戏考》《“神仙打架”与“凡人遭殃”》《马桶溅水的尴尬》《“下基层”与“吓基层”》《“大市场”和“小欺诈”》《宁愿认它是误传——谈深圳“豪门宴”》《“误传”：更深一层的悲哀——再谈深圳“豪门宴”》等30多篇获得省市以上各类杂文评奖中的特等奖、一等奖。他和他的合作者李世凯，曾被同行戏称为“得奖专业户”。他在1992年创作的《闲话阿Q的无赖和霸道》，2006年被选入人民教育出版社高中语文（必修）第5册读本中。正因为他在杂文界的声望，曾连续两届被选为北京杂文学会常务副会长，现在仍然是学会顾问。

我之所以把康式昭8卷本文集称之为他的“业余”奉献，是因为他一生的主业是从学徒、学生，到杂志编辑，到党、政、群机关领导干部，官至司局正职，任务不能说不重，工作不能说不忙，但他在以特定要求完成本职工作外，总是挤出精力，巧用时间，辛苦劳作，不断推出“额外”作品，现在收入文集的就是这些业余成果，也叫做非职务创作，尚不是全部。而在文集之外，还有远远超过文集总字数的职务作品，即作为工作任务的各类型的调查报告、请示报告、工作报告、工作计划或总结等。他被公认富有文才，因此在这些文件或文章的写作中，常常担任主笔或主要撰稿人。如果加上他给别人起草或修改的包括申诉、检讨、答辩以至书信等文稿，就更不计其数了。也正因为他的工作主业所需和他的副业的广泛社会影响，他的头上也戴满了社会职务光环：中国作家协会会员，中国社会主义文艺学会副会长，中国剧协理事，中国版权协会常务理事，文化部艺术局重点剧目指导小组副组长，“五个一工程”奖、文华奖、中国艺术节奖、中国戏剧节奖、中国人口文化奖、戏剧梅花奖等全国性常设文艺类评奖的评委，以及中国“小百花”越剧节、中国黄梅戏艺术节、中国川剧节、中国京剧节、全国昆剧中青年调演、全国梆子戏剧种汇演、陕晋豫“金三角”戏剧汇演等专门性戏剧评奖的评委和召集人等。这些社会活动，耗去了他的不少精力，但反过来又使他的才华在更广阔的领域得以展示，也为他丰富社会生活，激发创作灵感，扩展创作内容，提供了不竭动力和良好条件。

凡是和康式昭共过事的人都从多方面感受他的才子气。他不仅仅写文章出手快，用语准而美，而且在言谈话语中，一些名言隽句、古典诗词常常随口而出。在与人争论时，一连串比喻和尖锐甚至有点刻薄的语言，常常让对方喘不过气来。在有些严肃的场面中，他的几句俏皮话，可使整个会场活跃起来。他不仅心灵，悟性高，反应快，而且手巧。在上世纪六七十年代，在“文革”的无所事事中，他总是没事找事干：在以自行车作为主要交通工具的时代，他又是拆擦、修理自行车的能手，常常在星期天汗流浃背地为同事朋友修车。他会裁剪衣服，曾经下放农村劳动，给自己缝制了御寒棉裤；学会打造和修理各类用具；也是家庭厨房的“一把手”，许多同事都曾品尝过他的川菜手艺，并戏称他为“康师傅”。有人说技艺是相通的，常常可以一通百通。此话虽然有点过头，但不无道理。有人对康式昭的成就表示惋惜，认为他的工作面铺得太广，精力过于分散了，如集中攻文艺，甚至只搞创作，或许会有更大贡献。历史是不能回头的，这只是一种推论。事实是，这些才华的多方展示，确实占用了他许多宝贵时间，但使他的生活丰富多彩，究竟对其创作的影响是促进还是促退，很难做出准确评论。

康式昭的创作，已经历半个多世纪。对于他后30年的作品，人们的意见大体相近，可以说掌声不断。对于他前20年的创作，则出现了不同的社会评论，核心是当时的“左”的指导思想对作品影响的深浅。勿庸讳言，处在那个时期的人们，不受时代主流思想的影响是不可能的，在作品中自觉或不自觉地肯定某些当时被认为是正确的，而后又被历史否定的东西是很难避免的。但这仅仅是问题的一面，并非其作品的主要方面。从作品的总体上看，起码有三方面应是十分明了的：一是思想是积极向上的，不论艺术形象还是各种论述，体现的都是作者的美好理想和愿望。二是感情是真实的，他笔下所写都发自于内心，就像他自己声言的：以笔写心，口心如一。顽强地是我所是，无畏地非我所非，不打诳语，不作违心之论。“亦余心之所善兮，虽九死其犹未悔！”——屈原的话，成了激励、鞭策他的座右铭。三是文字是生动活泼的，富有很强的艺术感染力。相比于某些作品思想上的局限，这三条才是作品的主导面，是应当给予充分肯定的。

(2015—3)

老蔫烈山

张　鸣

对于鄢烈山，我是未见其人先睹其文，因为他的文字而记住了这个人。这样的事其实对我很难，因为我的习惯是，即使文字很好，也未见得会记住作者的名字。但鄢烈山是例外，原因是我对他这个姓特有感觉，中学的时候有个同学，也姓鄢，我这个白字大王，一上来就叫蔫，人家也认账，大家从此老蔫长老蔫短，生把鄢篡改成了蔫。说实在的，我那位同学，性子的确蔫，但人很好，仗义。念白字的人有韧性，此番看到鄢烈山这个名字，还是忍不住想把鄢叫成"蔫"。

真的见到鄢烈山，发现此人还真就是有点蔫。那是2005年，笑蜀这个媒体流窜犯，流窜到了广州，被《南方周末》收留。我在香港访学，闷得慌，出来广州散心，主要是想好好吃上几顿，事先通知笑蜀，请他安排。到了广州，发现笑蜀背后站立一人，人瘦眼大，硬棍似的，笑蜀介绍说这就是传说中的鄢烈山。我特俗地说了几句久仰之类的话，然后一起去吃饭。饭桌上一堆媒体人，像唱戏一样，老鄢却蔫着，特想跟他多说点什么，但一时间找不到话题，老鄢则不问基本不言语，只是十分注意地听我们说，好像目不转睛，看着他，我的眼睛里直冒一个字：蔫。

那天单是谁埋的，我已经忘记了，但看起来不很热情的鄢烈山，将我后面的事全安排好了，吃和住（当时根本没打算玩），笑蜀这厮，躲了个干净，就这样，跟鄢烈山算认识了。

后来交往多了起来，我去广州机会多，几乎每次都能见到他，无论在饭桌上混侃，还是在大庭广众之中演讲，他总是在一旁默默地听，开始的时候，听得我心里每每发毛，我知道自己这一桶底儿的水有多深，更知道老鄢的水平有多高，没听他讲过，但总看过他的文字，六个字：干净，犀利，有劲，不是把人生看得很透，书读得很多，同时很坚持自己的信念的人，无论如何办不来。有一年他的杂文获“鲁迅文学奖”，我真的因此而高看了这个奖，感觉文学圈儿的人不都是吃干饭或者吃软饭的了。再后来，好容易他来了一趟北京，电招我去见他，去了之后，才发现，饭局已经有人安排好了，我就跟着吃就行了。总算，到了我的地盘上，他的话多了一点，也有笑意了，不过，跟周围人比起来，还是蔫。

以我这种笔法，写老鄢很难，这老先生就像戏里的老生，绝对正派的老生，挑大梁那种，看了叫好没问题，做粉丝也不亏待自己，但想寻个错，调侃几句，还真就难。老鄢对人，乍一看一点都不热情，但帮人却帮得很到位，喜欢谁，也决不挂在嘴上，害得我攒了一肚子的赞美话，一个字都不敢跟他说，一张嘴，自己就觉得俗。自打我跟顶头上司闹翻，祸闯得全国人民都知道，每个月都有好些人把他们的冤屈想办法告诉我，有些实在不像话，而且感觉不像是假的事，我就转给老鄢，每次能帮，老鄢都会帮的，找个记者下去访一访。其实我也知道，即便身在像《南方周末》这样的媒体，能做的事，也非常有限。每次转给他，心里都觉得不安，但老鄢从来没有半句埋怨的话，我呢，也不好意思说两句感谢的话，还是那个感觉，一说便俗。

这两年，在媒体圈子里混多了，朋友逐渐多了起来，凡是我的朋友，都是老鄢的朋友，高度重叠。没办法，味都是那个味，闻着就往一起凑。唯一的差距是，老鄢的人缘比我好，他的圈子比我大，大多了。基本上是我跟着沾光，很多70后80后，只要听说我跟老鄢是哥们，二话不说，也算我是哥们了。

这么乐于帮人的人，也有挨骂的时候，骂他的人，过去都是他帮过的朋友。在这个世界上，还真就是有人喜欢堆个道德的天王山，自己站在山顶上喷道德的吐沫星子，在体制内吃饭，得一个奖，都可以成为十恶不赦的理由。老鄢不幸成了靶子，提了一句“公民写作”，好像就犯了天条，比希特勒还坏。有时候我真担心，如果这些人一旦有了权，世界将会怎样？最不幸的是，老鄢肚里委屈，却一句话也不想分辨——他不想让另外一些人看笑话。

就这样，老鄢还得蔫下去，蔫蔫地帮人，蔫蔫地写文章，然而文章却不蔫，只要问世，就有回响。

(2016—2)

品鲁

鲁迅流传的希望

王得后

从南开大学开会回到北京，心有涟漪，很想写点感受。三十年来，这还是第一次。我不知道自己怎么啦。

会议是纪念鲁迅的。

一个死人，假如还活在人的心里，在“祝你生日快乐”的歌声飞进百姓家的今天，纪念一下，也是人情之常吧？自然，必须真心诚意亲近鲁迅，不是鲁迅当年憎恶的“敬而远之”，不带消费鲁迅的口是心非的私利。

不过鲁迅就是这样特别。逝世前一个月，他发表一篇题名《死》的文章。是重病后的杂感。其中给亲属写下了七条“遗嘱”。第三条就是：“不要做任何关于纪念的事情。”是“不要”！是“任何”！多么决绝！自然，这是给家属的。如果家属“听话”，总该谨守的吧？可是鲁迅又早就说过：“‘爸爸’和前辈的话，固然也要听的，但也须说得有道理。”于是乎又预留下“造反”的后门。

何况非家属！“遗嘱”的不是他们。

鲁迅为什么这样坚决拒绝“纪念”他呢？检读他的文字，说来也话长。不知道是不是和他说过的这些话有关？

他说：“但我想在这里趁便拜托我的相识的朋友，将来我死掉之后，即使在中国还有追悼的可能，也千万不要给我开追悼会或者出什么纪念册。因为这不过是活人的讲演或挽联的斗法场，为了造语惊人，对仗工稳起见，有些文豪们是简直不恤于胡说八道的。结果至多也不过印成一本书，即使有谁看了，于我死人，于读者活人，都无益处，就是对于作者，其实也并无益处，挽联做得好，也不过挽联做得好而已。”

可这次天津南开大学和北京鲁迅博物馆联合召开的会，与会学人五十九人，提交论文三十篇，筹备充分，与会者认真。而开得更颇有亮点。虽说挂着“纪念”会标，实行的却真的是会标上的“学术讨论会”。即使开幕式这种“礼仪”，主持的陈洪院长、杨阳馆长也没有“纪念”的套话，没有阿世的八股，没有把鲁迅工具化的导向，只简短地抒发己见，又颇见对鲁迅的深切理解。而“讨论会”在乔以钢教授的主持下，以其开明、开放的无言之言鼓舞与会者，确实是比较无所顾忌，比较畅所欲言，又不设评点人，多有热烈的争论。争论，在如今的学术会上是奢侈品；大多是各说各话；即使评点，也成了套路，中庸一番。谁理会“搔痒不着捧何益，入骨三分骂亦精”？会上，虽然难免陈旧的话语，“导师”式的指点迷津，毕竟没有“二丑”。

讨论会是很有学术分量的。给我感受最深的，是黄子平教授的《他结巴了——鲁迅与现代汉语写作》。子平确实厉害。他用十五分钟的发言，就把我苦读鲁迅五十年未能摸到的另一扇大门，精准地推开了。真所谓如醍醐灌顶，如当头棒喝，茅塞顿开。请看他的

“提要”：

“旧的语言系统崩溃了，每一个词语都摇摇晃晃，发生震颤。鲁迅是现代中国唯一‘从内部’体验到这种震颤的作家。鲁迅挣扎地应对这个错位的时代，充满了表达的焦虑，但同时提出在语言系统的废墟上‘让语词做更多事’的激进要求——他的写作只能是‘结结巴巴’的。这种写作当然不见容于以‘规范化’为标的的现代汉语体制。问题是：如何在口若悬河的当代习得一种口吃的语言方式？”

当场有学者解读为这是语义学、修辞什么的；黄又作出澄清，再次申说自己的意思不是语义学，不是修辞。我的领会自然更加不一定符合他的尊意，我感到的是：他论述的鲁迅“怎么说？”这“怎么说”，不是“讽刺”“冷峭”“反讽”“犀利”“尖刻”之类，而是运用现代汉语转型的内在冲突，以别样的方式表达思维及思想的别样蕴涵。

这时想到了我自己。我很惭愧。我一直知道：我自己几十年的所谓研究，不过是原始的、起步的：“鲁迅说了什么？”我未能摸到“怎么说”这门径。一次学术讨论会，有一个这样的创见，开辟新的门径的创见，不仅仅是成功的，简直是质量奇高而且罕见的了。一个讨论会，和一个人相同。试看世界学术史，再伟大的作家，他一生的创作，不可能字字珠玑，篇篇经典。传世的经典有一二三就了不起了。鲁迅也是这样。

何况讨论会还有许多精辟的发言。比如有一位引述鲁迅的“文学的理论不像算学，二二一定得四，所以议论很分歧”的见解，我觉得切中时弊。中国鲁迅研究界自以为“标准答案”掌握在他手里，唯有他掌握着鲁迅研究方向，乃至这方向是有来头的学者、教授太多了。

更有商昌宝博士的“自由发言”，直抒己见，慷慨辩驳，他有热烈的好恶，他有明辨的是非，是一个可敬可爱的青年教师。

最后，我非常欣赏、佩服一位穿红衣裳的研究生的勇敢和坦诚，大概是80后或90后吧？面对济济一堂五湖四海奔来的老师，她勇敢地诉说自己读鲁迅的感受："前一段我一直在读的杂文全集，包括他跟许广平的两地书，我自己有一个特别直观的感觉，就是，这真是一个特别可爱特别好玩的一个人。有时候你会觉得他是那种孩子气的，很任性的、很可爱的。比如我一直读他那些一而再，再而三地批评陈西滢和徐志摩的文章，有时我读着读着，心里就会有很会心的，想去笑的感觉，觉得先生真的太较真太诚实了，较真诚实得都有点扯着人不放了。"

这是和我自己感到的沉重、严峻、犀利、深邃完全不同的；好新鲜、好活泼的感受啊。鲁迅流传的希望在青年。在青年愿意阅读，喜欢阅读，有自己的感受，能独立的思考。哪怕他和我的读后感不同。但，不同中有相同的鲁迅写下的白纸黑字啊。这就足够了。是么？我想。

(2013—3)

读鲁迅，增胆识

莫　言

大约七八岁的时候，就开始读鲁迅了……不认识的字很多，但似乎也并不妨碍把故事的大概看明白，真正不明白的是那些故事里包含的意思。

就像一棵树——哪怕是一棵歪脖子树——只要不刨了它的根它就要长大——哪怕是弯弯曲曲的——一样，我这个很败的类也渐渐由少年而青年。那岁月正是鲁迅被当成敲门砖头砸得一道道山门震天价响的时候。那时的书，除了毛选之外，还大量地流行着白皮的、薄薄的鲁迅著作的小册子，价钱是一毛多钱一本。我买了十几本。这十几本小册子标志着我读鲁的第二个阶段。这时候识字多了些，理解能力强了些，读出来的意思自然也多了些。于是就知道了选进小学语文课本的《少年闰土》原是《故乡》的一部分，而且还知道被选进中学课本的《社戏》删去了对京戏的一些大不敬的议论。可见被断章取义连鲁迅也要承受的，我的拙作被那些刀斧手们切割成一块块地悬挂起来招蝇生蛆就没有什么理由值得愤愤不平了。

这一阶段的读鲁迅是幸福的、妙趣横生的，除了如《故乡》《社戏》等篇那一唱三叹、委婉曲折的文字令我陶醉之外，更感到惊讶的是《故事新编》里那些又黑又冷的幽默。尤其是那篇《铸剑》，其瑰奇的风格和丰沛的意象，令我浮想联翩，终生受益。截止到今日，记不得读过《铸剑》多少遍，但每次重读都有新鲜感。可见好的作品的一个最重要的标志就是耐得重读。你明明知道一切，甚至可以背诵，但你还是能在阅读时得到快乐和启迪。一个作家，一辈子能写出一篇这样的作品其实就够了。

读鲁迅的第三阶段，其时我已经从军艺文学系毕业，头上已经戴上了“作家”的桂冠，因为一篇《欢乐》，受到了猛烈的抨击，心中有些苦闷且有些廉价的委屈，正好又得了一套精装的《鲁迅全集》，便用了几个月的时间通读了一遍。当然这所谓的"通读"依然是不彻底的，如他校点的古籍、翻译的作品，粗粗浏览而已，原因嘛，一是看不太懂，二是嫌不好看。这一次读鲁，小有一个果，就是摹仿着他的笔法，写了一篇《猫事荟萃》。写时认为是杂文，却被编辑当成小说发表了。现在回头读读，只是在文章的腔调上有几分像，骨头里的东西，那是永远也学不到的。鲁迅当然是个天才，但也是时代的产物。

去年，一部《丰乳肥臀》和“10万元大奖”，使我遭到了空前猛烈的袭击。如果我胆小，早就被那些好汉们吓死了。我知道他们搞得根本不是什么文学批评，所以也就没法子进行反批评。我知道他们一个个手眼通天，其中还有那些具有丰富的“斗争经验”一辈子以整人为业的老前辈给他们出谋划策并充当他们的坚强后盾，我一个小小的写作者哪里会是他们的对手？但我读了鲁迅后感到胆量倍增。鲁迅褒扬的痛打落水狗的精神我没有资格学习，但我有资格学习落水狗的精神。我已经被你们打落水了，但可惜你们没把我打死，我就爬了上来。我的毛里全是水和泥，趁此机会就抖擞几下，借以纪念《丰乳肥臀》发表一周年。

正是：

俺本落水一狂犬，遍体鳞伤爬上岸。
抖抖尾巴耸耸毛，污泥浊水一大片。
各位英雄快来打，打下水去也舒坦。
不打俺就走狗去，写小文章赚大钱。

(2015—2)

深度

什么是杂文的“质的规定性”？

李 下

近几年，我一直喋喋不休地强调“要重视杂文的艺术形式”。我之所以乐此不疲，是觉得杂文发展到现在，形式上再不有所突破，可能会严重影响其可持续发展。杂文作为一种文体的独立存在理由，会因为形式特质的模糊不彰而缺乏有力的支撑，因此而前景逐渐暗淡直至衰败。

我参加过许多杂文研讨会，觉得与会者对杂文艺术性的研讨，往往一笔带过，甚至付诸阙如。

在“内容很重要或者说最重要”已经成为共识的情况下，谈谈形式对杂文的重要性，也是很必要的。人们常常说，杂文主要是思想要新锐啊，要深刻啊等等。但是反问一句：什么文体要求思想要陈旧，要迟钝，要肤浅呢？没有。既然如此，靠思想内容作为区别杂文和其他文体的主要标志，显然不解决问题。决定杂文与其他文体质的规定性的东西，不是别的，正是形式，也就是所谓“杂文味儿”。

亚里士多德说过，事物的本质不是物质性的质料，而是它们具有的各自不同的差异性。举一个化学领域的例子：同样的碳元素，它的片状结构形式构成了石墨，而它的立体的晶体结构形式则构成了钻石。我是说，是认知形式而不是研究对象决定了文学艺术的性质。中国人不管写什么作品，使用的汉字都没有什么差别。涉及思想内容方面，也是大同小异。靠这些“材料”本身，你看不出一篇文章是杂文还是随笔，是散文还是报告文学。清清楚楚地区别这些文体的，是“碳元素的不同结构方式”，也就是写作的不同形式，不同的笔致，不同的味道。杂文如果想成为“钻石”，区别于“石墨”，就必须学会把文字砌成“六棱的晶体结构”，而不是平铺直叙。

那么，杂文“质的规定性”是什么呢？杂文家和文体学家有多种多样的概括，都在试图从不同的角度接近杂文的本质。最常见的说法是：杂文是“文艺性的论文”，“以抒情与政论相结合，不拘一格，迅速反映生活事变和人们思想感情为特点，熔逻辑力量与战斗激情于一体，把精辟论述寓于形象之中。以短小、精悍、明快、锋利见长，具有深刻的思想性、尖锐的战斗性和充分的艺术说服力”。另一种常见的诠释是：“以广泛的社会批评和文明批评为主要内容，一般以假恶丑的揭露和批判来肯定和赞美真善美；杂文格式笔法丰富多样，短小灵活，艺术上要求议论和批评的理趣性、抒情性和形象性，有较鲜明的讽刺和幽默的喜剧色彩。”比较之下，后面这个定义更符合我对杂文的理解。大凡定义都力求详尽准确，而一旦详尽，就有因求全责备而使其主要特色被模糊的危险。所以，在媒体上见到一句“用各种修辞手法曲折传达自己的见解和情感，语言灵动，婉而多讽”即杂文的话，倒是话不多却抓住了要领，深得吾心。

就形式而言，语言的生动活泼、机智幽默，最大限度地调动各种修辞手法达到褒贬议论对象的目的，应该是杂文不可或缺的特点。文似看山不喜平，杂文就更不能平。一共千把字，再一平到底，还有人看吗？有人会问，你要求杂文要“生动活泼、机智幽默”，要妙用各种修辞手法，难道其他文体不需要吗？不一定需要。在媒体上也见到过有的警察用“网语”“温馨提示”人们防盗：“亲，最近小偷活动猖狂，出门要关好门窗哦！”想跟群众打成一片的热情是可贵的，但警察的特定角色规定了他们的公文形式宜于庄重。官方的社论、领导人的讲话，也是力求庄重，即便是要表示亲民，有点儿活泼的玩笑，也是要拿捏得十分得体才行。文学中其他与杂文相类似的文体，譬如文艺评论、散文、随笔、时评，语言生动幽默当然好，做不到，也算不得什么毛病。说到底，这些文体在形式上的要求毕竟没有杂文这样苛刻。不妨这样说，杂文是读者对文体味道要求最为挑剔的文体之一。

强调杂文的艺术性，主要考虑的是满足读者的需求。食客选择一家饭馆吃饭，出发点肯定是选菜的味道好吃的，而不是饭馆的“营养成分配比”最科学、最养生的。读者打开一份报纸或者刊物，往往是先看杂文，原因是这玩意儿又短又轻松又好玩，读起来省劲儿又有趣儿。杂文不好玩，就是个大缺欠。有人会说，文以载道，重要的是“道”，我谈的是一个严重的话题，怎么可能弄得“好玩”？我的回答是：正是因为“文以载道”，你的“文”非过硬不可，否则你就不可能举重若轻地“载道”。你要时时注意，你“载”的不光是思想的“道”，还有杂文之“道”呢！你想回避“好玩”这个难题，可以去写学术文章（大手笔写学术文章也可以很“好玩”的），杂文则必须“好玩”。鲁迅的杂文就好玩。不光是杂文，他的文章大都摇曳多姿。他不说他后园墙外有两株枣树，而是说“一棵是枣树，还有一棵，也是枣树”。有专家综合作者全篇的意绪，从这句话中分析出作者的苦闷。我才疏学浅，没看出来，我见到的是鲁迅跟读者开玩笑的顽皮。鲁迅的隐晦曲折是人所共知的。有人解释是当时的社会太黑暗，统治者太残暴，直来直去就抓起来了。长大后才想明白，这种解释很荒唐，因为把统治者想象得太白痴，好像只有鲁迅和广大革命群众才是聪明人，心心相通。前者写出含沙射影的文章，后者读了心领神会，会心一笑，然后纷纷参加革命，唯独那群统治者及其鹰犬，傻乎乎地挨了骂，却浑然不觉。鲁迅为什么隐晦曲折？当然是为了好玩。一篇文章，是一览无余好，还是读起来不断地上当、又不断地识破作者的诡计好呢？显然是后者。鲁迅最著名的不是文学史方面的著述，不是散文方面的著述，也不是小说方面的著述（这并不是说鲁迅在上述诸方面没有杰出成就），而是杂文，就是因为他在杂文的形式探索方面独领风骚，达到了难以企及的高度。

缺乏艺术性的杂文，其结果必然是叙述的直白。直白是杂文的大忌。直白的批判，常见的就是金刚怒目，就是剑拔弩张，就是声嘶力竭，就是顿足捶胸。义愤是可贵的，可是这一套表情的多次重复，弄滥了，说的人和看的人都很累，也很烦。且不说看你文章的多是读友而非敌人，即便读者全是你痛恨的敌人，这一套单调的枪法也毫无杀伤力，还不如一个辛辣的嘲讽倒可能让他恼火好几天，或者让作恶之手收敛一小会儿。这才是艺术的力量。还有，把“假恶丑”的东西追到根子上，多半与人性的弱点有关，那差不多就个个值得反思了，这种清算国民劣根性的工作，就更不是一个“骂”字可以了得的。这时候，处方和用药都要谨慎，须时时照顾到治疗的效果。“润物细无声”可能比“霹雳闪电、狂风骤雨”更有助于禾苗的生长。艺术手段对实现目的有决定性的意义。

其实，有时候内容和形式是“一而二、二而一”的关系。也就是说，你一本正经地当做内容来谈的材料，其实是醉翁之意并不在酒，你采用的是旁敲侧击、指桑骂槐之术。你讲的内容主要发挥的是“形式方面”（或者说文章策划和战略战术方面）的意义。比方说，我们会心地微笑着欣赏你的大作时，并不是因为你对史实的考据多么详尽，而是你不露形迹的“穿越术”弄得煞有介事，弄得天衣无缝，令嗅觉最敏锐的寻找毛病的人也抓不到什么把柄。这里面的主要技巧，就是形式手段。你大谈苏共胡作非为严重脱离群众的灾难性后果，你细论某朝吏治的黑暗酿成的悲剧，你穷追清末民变蜂起的缘由，这好像都是内容，都是基于史实的认真研究，但说穿了，都是杂文中的皮里阳秋、迂回战术，标靶尽在不言中。这不仅避免一些不必要的麻烦，也为人们的阅读增加了情趣，读杂文的快感多半在这些地方。我讨厌吸烟，但我不能讽刺烟民，总是嘲笑政府有关方面既要保护烟草行业的利税又要敷衍世界控烟潮流压力的尴尬，也没什么意思，于是我只能大搞吸烟方式的“创新”，防止二手烟对其他人的毒害，我提出诸如“防毒面具式吸烟器”，“吸氧式罐头香烟释放器”，“口香糖式可食香烟”，“尼古丁针剂注射器”等等改革吸烟新思路，你说是荒诞也行，说颇具创意，把烟草业的可持续发展推进了新时代也未尝不可，反正我把要说的话说出来了。我不喜欢养狗，但我阻止不了狗主的雅兴，只能设想建一个“养狗城”，把爱狗者集中起来居住，他们可以天天跟成千上万只狗打交道，乐趣翻倍，其他人则可以摆脱狗屎和被狗咬的困扰。我的创新设计，表面上看是内容，其实是形式，或者说二者兼具。我曾经一本正经地论证我是如何“深深地爱上了封建王朝”，但谁都能看明白，我是对席卷全国的美化帝王的影视作品表达了难以抑制的憎恶和愤怒。为一个好的题目找到匹配的表现形式，并非易事，有时候简直是可遇不可求的，一旦寻觅到手，完成创作，那点自娱自乐的小快感之强烈，是难以形容的。这是写杂文滋味最美的时刻，也是杂文家爱杂文的最大理由。

相对于思想而言，杂文的艺术性探索或曰形式上的新尝试，享有无限广阔的空间。思想这东西，最难生产。世界上能称之为大思想家的人，屈指可数。当然，人民是推动历史前进的动力，人民推动思想文明前进的作用也不可低估。有一点可以肯定的是，绝大多数作家，包括成就斐然的知名作家，充其量都是一些思想的二传手、三传手、四传手，乃至N传手。我们痛批官员的贪腐，呼唤民主进程的加速，都是对当下社会积弊日深的焦虑，鞭挞可能很有力度，但其中思想含量并不一定很高。你也许说到了制度，说到了人性，不是很深刻吗？说不上有多深刻，也没有多大新意，之所以还能受到欢迎，是因为问题还没有解决。读者对杂文家在思想方面的贡献，并没有不切实际的过高要求，而对杂文写得没有“杂文味儿”，可能会提出批评。恰恰在杂文味儿也就是杂文的艺术性方面，对一个杂文家来说，比思想的创新相对要容易，这里的空间十分广阔。思想探索会受到诸多的限制，艺术上的探索环境就宽松得多。还有，鲁迅等先驱为我们提供了丰富的经验，使我们对杂文艺术创作实践的探索有取之不尽用之不竭的宝藏可以开采。对名家名篇的揣摩和研习，是入门的向导，有点像学习书法的“临帖”。在此基础上，把诸家的创作笔法融会贯通，就可以逐步地登堂入室了。我曾经浪漫地设想，如果我们能有这样一批杂文家，不说名字，只要读上几段文字就能分辨出是谁的作品，那是多么值得骄傲的水准！

对杂文形式的探索并不是很神秘、很难把握。一字一词的斟酌，是形式探索，一个比方、一段掌故的巧妙使用，也是形式探索，你如果能把杂文写成一场独幕剧或者一个寓言，或者能把一件平淡无奇的事情讲述得妙趣横生，令人忍俊不禁，就已经很见功力了。我还想顺便指出，讽刺和幽默是一篇好杂文应有的味道。讽刺和幽默不应该是独门秘籍，或成为某几个杂文家的“创作风格”，而应该是所有杂文家可以习得的杂文创作的基本技巧。总之，杂文形式的探索取得成绩并不是高不可攀的，需要的是产生攀登的欲望和实践的决心。你高产稳产，倚马可待地写出一篇篇杂文，而且都能顺利发表，我并不羡慕；而你因为一个精彩的想法找不到恰当的表达形式而备受折磨，食不甘味，我会十分嫉妒，因为你的每一次煎熬都意味着一种突破，而每次突破都在向巅峰靠近。“磨刀不误砍柴工”，你在提高水平上下了功夫，你的杂文就有了更大的影响力，你可能少写了十篇或者二十篇，但如有一篇脍炙人口的佳作问世，肯定强似一百篇平庸之作。

在讨论杂文艺术性的探索方面，有一个常常被我们忽略的领域，那就是网络。不管是思想的新锐、激烈，还是形式的活泼、辛辣，网民的大胆实践，都值得杂文家们认真学习借鉴。眼下抨击房价太高的杂文不少，但都比不上以下这一百多个字有分量："一项统计数据，告诉人们：你要不是'三大'式人物（大款，大官，大腕）而想在北京买一套100平方米总价300万的房，社会阶层所付出的代价请看：1. 种三亩地每亩纯收入400元的话，要从唐朝开始至今才能凑齐（还不能有灾年）；2. 工人：每月工资1500元需从鸦片战争上班至今（双休日不能休）；3. 白领：年薪6万，需从1960年上班就拿这么多钱至今不吃不喝（取消法定假日）；4. 抢劫犯：连续作案2500次（事主必须是白领）约30年。以上还不算装修、家具、家电等等费用。"

有人会说，这不是网络段子吗？是的，是段子，但也是好杂文。切不要瞧不起段子，有时候我们辛辛苦苦写的几千字，还不如一个几十个字的段子。网友们因为不知道杂文为何物，信马由缰地写，反倒写出了好东西。我们的头脑因为被一些老套子给固化了，不容易跳出旧的窠臼。容我说一句笑话：也许杂文家纷纷改弦更张，写的都不像杂文了，杂文就火了，就别开生面了，杂文报刊就洛阳纸贵了，杂文家就人见人爱了！

(2013—4)

在世纪“对称轴”的两边

朱大路

一

我编的《世纪末杂文200篇》与《世纪初杂文200篇》两书，装帧相同，厚薄相似，好像孪生兄弟。

“世纪末”与“世纪初”，以2000年为“对称轴”，相互形成“轴对称”。生逢这个当口，实属百年一遇。

机会难得，要动脑筋，做点好文章。

二

杂文像杨梅，有大年小年之别。

世纪末杂文，不太景气，算是马鞍形的低谷阶段。但费点心思，仍能在半芜的田畴上，搜罗到坚实的野果。以中国之大，发表园地之多，总有好文章会冒出。新时期杂文，从十年“文革”后脱颖而出，已实行了历史的转弯，故而这一时期作品，就整体而言，少有“石破天惊”式的发现，多为现有开采线路上的再作前推；艺术上的创新也不那么张扬，属于平实中露奇崛，质朴中见锋锐。《世纪末杂文200篇》所选篇目，全面折射世纪末的国情、民风、世象、心态。像严秀的《“东方文明”琐议》，郭光东的《国旗为谁而降》，陈丹燕的《文化大革命是什么》，黄一龙的《“天下兴亡代表有责”论》，牧惠的《走运的杨乃武与小白菜》，张勇的《“既要利己，也不损人”》，何满子的《赞罗点点说“红色贵族”》，焦国标的《草堂并无草》，等等，都是可圈可点之作。

世纪初杂文，一路走来，也磕磕绊绊。近几年，忽然有点热闹。两场全国范围的杂文大赛，在2010年同时展开，把大众对杂文的胃口吊起来。作者遐思充溢，笔力遒健，读者赏文析义，兴会淋漓，而且形成了互动。虽然“杂文繁兴”还处在愿景层面，却已为各种选本提供了够格的作品。《世纪初杂文200篇》虽不是编年史，但新世纪以来的雨霾风障、百怪千奇，在所选的杂文中，滴滴答答，多少留下一点踪迹。从“9·11”事件到“西伯利亚矿难”，从孙志刚之死到赵作海申冤，从贪官黎元江的突发奇想，到国企改革的“烂苹果论”，无一不被杂文揭举，评点，批判，生发。在跋涉历史的同时，细心地体验历史、辨析历史，总是智者的功课。

三

杂文家是这样一个群落：他们吃自己的饭，却为天下操心；他们不是对一个领域说话，而是对整个社会发言。他们敢于在高慢的脸面上拨一拨，在威赫的虎须上捋一捋，在棘手的蜂窝上戳一戳。他们不指望笔底文字对社会能起多大实际效用，只求自己像负责任的清洁工一样，为搭建现代化大厦，犁庭扫穴，清污剔垢。人们称他们是“文坛侠客”，夸赞他们的血“五十度就沸腾了”。这些都对。倘要我来表述的话，我还想补充说：他们对政治这“大家的事”有着天生的参与意识，他们是一批有独立思想的“业余政治家”——《世纪末杂文200篇》中蒋丽萍的《业余政治家》，在评述德国作家君特·格拉斯多嘴多舌、热心议政时，已让这一称谓闪亮登场。中国如有几十个、上百个成熟的杂文家，运用他们艺术之笔，评说政治，圈点经济，匡正世风，扶挽人心，以求地平天成，臻于郅治，这将是中国的幸运。

四

网上流传一份“中国当代杂文108将”的名单，比如，“九纹龙童大焕”“摸着天黄波”“美髯公何满子”“插翅虎徐迅雷”“神行太保马少华”“双枪将傅国涌”，等等，等等。

这固然沾带一点搞笑的味道，说明杂文界也不无娱乐，但何尝不能看出他们个个似梁山好汉般，对世上的腐败嫉恶如仇呢？何尝不能看出他们写作手法之殊异，有的“使枪”、有的“挥刀”、有的“甩棍”呢？

稍稍翻阅《世纪初杂文200篇》，便可证实上述判断。杂文家运笔的个性，是如此斑斓——曾彦修的厚重，邵燕祥的老到，流沙河的冷峻，黄一龙的犀利，朱铁志的严谨，王乾荣的峭拔，鄢烈山的实诚，宋志坚的练达，陈长林的机智，安立志的雅驯，刘运辉的激昂，乐朋的坚毅，王晖的细密，曹澍的轻快，阮直的乐和，刘齐的诙谐，韩寒的俏皮……

杂文家的光彩，最能体现于同腐败的不共戴天。此书所选舒展、牧惠、瓜田、张心阳、成放、苏中杰、高低、陈长林、刘运辉、童大焕、徐百柯、汪强、张雨生诸篇，差不多都是反腐倡廉之作。尤其是王石川那篇《群众已经过河，他们还在摸石头》，振聋聩，启愚顽，字字掬自肺肝。

“摸石头”本是探索真理的身姿，切莫异化为拒绝过河的托词！

五

杂文这活儿，由非杂文界人士来操刀，因为少了一些圈内的套路，多了一些圈外的生活底子，有时反倒新鲜，实在；横看竖看，是从野地里刚掐下的果实，带着几颗露珠。

杂文是生活的“满则溢”，杂文是学问的“满则溢”，杂文是思维的“满则溢”；累积多了，溢出来，溢出来，便是杂文。

于是我们看到这样一些篇章，静静地闪着光。它们的作者，有电视台评论员、学者、小说家、文学评论家、画家、导演、出版人，以及官员。他们作品里的原生态，值得杂文家放下架子，好好琢磨，从而在杂文中，减少一点“拿腔拿调”和“没话找话”。

譬如吴冠中的《病妻》，祈求用艺术拯救衰老和苦恼，读得我含泪欲滴。譬如贾樟柯的《在北美遭遇“爱国者”》，所写场面，并非他导演，却也富于戏剧性。譬如潘向黎的《站着还是躺着》，倾吐写书人的甜酸，形象、真切，绝非局外人所能描摹。譬如郝铁川的《更大的成功需要挫折》，在众多检视苏联历史的篇章中，脱颖而出，让人读到一种中国式的老练。

六

全国的杂文选本，近年来有刘成信、王芳的“刘王选本”，鄢烈山的“鄢选本”，向继东的“向选本”，王乾荣的“王选本”。以此类推，本人所编，应是“朱选本”了。

萝卜青菜，各有所爱。“朱选本”看重三项指标：批判元素，文学元素，信息量。

批判元素无须赘言。文学元素着重于“文质彬彬”。“杂文要文质彬彬”，是曾彦修老先生的教诲。即使表达愤怒、宣泄火气，也是一副有修养、有文化的样子。《世纪初杂文200篇》中，有几篇反话正说的杂文，均含此种质地。另外，魏剑美的《反动派》，高高举起，轻轻落下，以一个谁也料不到的想法收局——“做做反动派其实也蛮好”；处世洒脱，令人想起魏晋文人之风。游宇明《我跟前人比性情》，文字恬适，气度闲雅，虽然因为处处不如前人潇洒而胸口窝着火。至于黄亚洲以全能型作家的笔力来驾驭杂文，文质彬彬更是不言而喻了。

信息量也是要素。写杂文一怕信息量欠缺，二怕信息量重复。但一些好手，譬如侯志川，写起杂文来，信息既多且新。视野不宽，焉能达标？

此外，对中国当代人物的评点，也不可缺。人物有呼吸，有眼神，有叹息，有笑声，贴近读者视角。比如，文化、新闻界的人士，施蛰存、魏巍、马达、刘成信、唐浩明、潘旭澜、浩然、刘谦等，在本书内都占一席地位。有一天，当我获悉有关线索后，司徒伟智兄立即给我发来一篇，题目是——《因朱永嘉想到“一罪不两治”》。

“一罪不两治”折射出法治的合理性，法治的合理性折射出现代社会的深刻性。

七

杂文的宿命，怂恿着杂文家在深究事理的间隙，对时代作宏大的概括。

比如，对现如今，刘运辉概括为“纠结时代”，葛红兵概括为“伪书时代”，朱大可概括为“零年代”，还顺手一指，说即将到来的是“不可捉摸的什年代”，并以同样不可捉摸的心绪，向它送去敬意。

摊到桌面上说，当今的时代依旧是杂文时代，是杂文大有可为的时代。有一种说法：做事要追求价值，而不是价格。撇开对经济学名词的咬嚼，这其实是一种关乎信仰的表述。而杂文没有被五颜六色的价格迷住眼，它追求的是人性的价值，民主与科学的价值，社会进步的价值。所以，杂文是有信仰的，杂文家乐此不疲的耕耘，正是为了要对得起生身的母亲，可爱的中国！

(2014—4)

让杂文回归副刊

陆士华

走出副刊的杂文，时评差点儿把杂文拍到沙滩上

对于我们这一代人，杂文是从报纸副刊走来的。报纸副刊教我们先知鲁迅，而后知杂文。

杂文在文学天地自由翱翔，有时飞得比诗歌、散文还高。它和那些文学哥们儿一样，曾遭遇坎坷、磨难，一度消沉而沮丧，但最终还是振作起来火起来啦！它最意气风发的那年，有个大事件，就是各地成立了杂文学会。这叫什么？这叫“三十年河东，三十年河西”！

杂文的老家原本在副刊，是副刊生它养育了它。在原来四个版

的报纸上，副刊常常居于第四版。那时报纸是铅排，杂文用花边在副刊圈了一块好地，独门独院，名曰“花边文学”。“花边文学”像一面火红的旗帜，飘在副刊这块文学家园上空，哗啦啦迎风作响。

但杂文一火起来，就有些不安分啦！“世界那么大，我要去看看。”它真的就跑出去看看啦！

杂文跑到三版，一看这地儿不错。社会、文化、思想理论，“路漫漫其修远兮，吾将上下而求索”，颇有侃谈的气氛。杂文舍不得走啦！于是买了二手房，也用花边圈起来，住下啦！老住户见来了新邻居，得认识认识呀！上前一打听，杂文支支吾吾：“叫我‘每周一谈’吧！或者‘三言两语’……”

有的杂文又跑到二版去逛啦！走近一看，嚯——政治、经济、教育什么的，专家们谈经论道，颇有“谈笑有鸿儒，往来无白丁”之古风。杂文挺喜欢这种氛围，看看房价不贵，也买小房住下啦！邻居打听它的大名，它随便答道：“我叫随笔……”

“要买房去北上广。”有的杂文头脑活络，跑到头版去闯世界啦！头版寸金寸地，北京王府井的地价，况且有价无市呀！但杂文的人脉广，借拆迁办的关系，居然在头版也批了块儿风水宝地扎下啦！或问尊姓大名，杂文乐啦：“爱叫什么叫什么吧！”

不是讲“富不过三代”吗？杂文一帮兄弟跑到各地闯荡，有的混不出模样，把原来的房子、地都卖了，到处流浪。当然，“人走时运马走膘”，也有的发达啦！开着豪车来见兄弟啦！

“你还杂文呀？歇着吧！现在是时评时代！”

杂文一听脸就红啦！还想辩两句，弱弱地说：“你不也是杂文吗？”

“你脑子进水啦？如今就是同一个人，叫法也不一样啦！过去叫同志，后来叫师傅，现在叫老师。人在江湖混，哪有不湿鞋？你怎么还是个老八板儿！”

杂文语塞，想了想说：“老师您忙！我走啦！”

“你去哪儿？”

“我回副刊啦！”

杂文造就了时评，却被时评蹬了一脚。大河后浪催前浪，时评的这一浪，差点儿把杂文拍到沙滩上。

这种形势，杂文如果心里明白，是怨不得时评的。这是世态使然，这是时代使然，这跟作者队伍无关，也跟读者无关。要怨，只有怨时代的河床太陡啦！只能怨社会风云的流速太快啦！

杂文离了副刊，就没了精气神

副刊出杂文，杂文出副刊，相辅相成。

杂文是副刊必不可少的文章或文学品种，而好的杂文又会捧红副刊。这是打鲁迅那会儿留给我们的办报经验。

有经验的报人给杂文的美誉很多。比如：“杂文是副刊的旗帜”，“杂文是副刊的眼睛”等等。副刊原来是把杂文当做明星来捧的，杂文又何必这山望着那山高，不安分自己那一亩三分地呢？

回归到副刊，杂文就踏实啦！副刊同样也踏实啦！大家扭成一股绳，用心经营，副刊的山光水色就好看得多。

这几年，杂文栏目在报纸上的命运不尽相似，有的如常青树一般郁郁苍苍，有的却颠沛流离，扎不住阵脚。其中缘由一时难以评说，但有一点可以肯定——居于副刊的杂文，日子总是好过。

杂文这个文体很怪，它对报纸副刊的依赖性是那么强，以至于离了报纸副刊，它就没了精气神，就不受人待见。散文诗歌也是副刊常见的品种，但报纸不发它，它还可以跑到文学杂志去找属于自己的一亩三分地。但杂文就没这么游刃有余，别看它在副刊是头牌，跑到别处谋生，就水土不服啦！

杂文从报纸其他版面退回到副刊，并不喻示它的式微，而是它的回归。副刊是杂文安居的家园，是它的快乐老家。

眼下各种时评、网评的迅猛壮大，可以看作是杂文演变出的兄弟。要我来分，我就说传统杂文是文杂文，而时评等等则是武杂文。诉说革命家史，它们本是一家。互联网各种终端的发展，各种社会事件的急剧彰显，使人们急于看到旗帜鲜明的立场、态度。于是，杂文不能尽练太极拳啦！它也要练一点少林功夫，甚至带上三节棍这样的短兵器。它要像武戏里演的那样，两军交阵，领军大将得有一声喝问："来者何人？报上名来！"对手也不示弱，也不失礼，道是："某乃常山赵子龙是也！"然后就是一段"急急风"的锣鼓点，你来我往几个回合，战个你强我弱。这里面是没有"唱"的，要听那些委婉深情的"唱"功，得另买票去看文杂文。

杂文的这种扩张，急速扩大了它的作者队伍。人多嘴杂心眼多，对杂文的认识，于此也会变得多元起来。

天下大势，分久必合，合久必分。杂文回归副刊之后，一定会迎来自己的中兴时代。

或问："副刊都不景气啦！杂文又岂能安居哉？"副刊的不景气，有它的种种原因，有一条跟杂文自身有关：杂文的多样化（比如评论化，散文化），其实是杂文自身的一种流失，甚或是自身的一种削弱。这种流失与削弱，无形之中给副刊带来不利影响。

许多杂文家对杂文脱离副刊产生的浮躁与迷茫，早有所发觉，有所点拨。现在回过头来看看，仍然是一剂良药：

> 杂文是诛伐邪恶、匡正时弊的武器，又是一种可使读者开阔眼界、增长知识、陶冶性情的文体。
>
> ——夏衍《杂文三忌》
>
> 近年来，我对杂文有了一个新的看法。过去人们谈到杂文，总是用"投枪、匕首"来刻画它。投枪和匕首都是对敌作斗争的武器，似乎写杂文只是对敌斗争。这看法，我现在认为是片面的；杂文不单是对敌作斗争的武器，它同时也是对人民内部针砭时弊、剖析真理的有效工具。
>
> ——廖沫沙《我与杂文》
>
> 杂文道路好像越走越狭，是不是和过于强调投枪和匕首

有关？当然，犀利尖锐，能针砭时弊，激浊扬清，功绩自是不小。但若独沽一味，以为非此不可，就未免有些单调。

从内容看，摆生活，谈思想，发感慨，抒衷情，天文地理，花鸟虫鱼，学术理论，历史政治见解等等，都可以用杂文形式去写，有的不妨投一下枪，但更多的却以心平气和如谈家常为宜。而社会痼疾和人群病态，如封建意识宗法思想之类，都是在旧社会里长期凝结而成。它根深蒂固，习以为常了，要扭转过来，有的当然需用匕首针砭，但更多的也以春风化雨、潜移默化收效更大。

——谢逸《点化》

杂文归来兮！副刊虚位以待！

杂文，有点儿副刊范儿

杂文回归副刊，会在副刊找到属于自己的感觉。而副刊于此也有了动力，就像水手上了船，副刊就不怕去远航。

报纸副刊既是报纸新闻版面的补充，又独成一体。其中如有山石林木，小溪流水，如供读者小憩的园林。副刊在报纸上有这样的地位，无疑与读者的阅读需求分不开。如果把阅读当作人们对精神食粮的摄取，那么，就跟对物质食粮的摄取一样，人们需要花样丰富的粗细搭配。副刊的出现，就适时满足了人们对精神食粮多样性的需求，为读者对报纸的深读、慢读，提供了一个精彩的精神食粮的副食拼盘。读者在头版、二版、三版读了一些时政要闻、经济报道之后，翻阅到副刊，自然会想松弛一下神经，去品味副刊闲适的味道。

杂文在这么一个园地里生长与生活，自然要与这个园地的水土相服。说杂文在副刊应有点儿副刊范儿，就是要有一些文艺色彩，要有一些趣味。

我以为，杂文最少得有这么一些副刊范儿——

首先是它的知识性。

杂文的知识性是应当包含于它的思想性之中的。杂文的思想性又是杂文战斗性的体现。杂文回归副刊之后，并非是泯灭它的思想性，而是将它的思想性趣味化。

有思想性而又要有趣，就不容易啦！有思想性而无趣，毛病出在哪儿呢？毛病是立足点不高，观察角度不新，没有启发读者的思想火花；或材料陈旧，人云亦云，有的更无应有的见识。你的文章给不了读者思想养分，读者何来阅读兴趣？

认真地说，任何文章都会有思想性，区别只是思想性的高低，强弱。一篇文章，要想给人思想容易，但要想给人启发、激励、反思或者羞愧等等，就不容易啦！时评当然也具有思想性，但它的侧重面与杂文不同，时评的思想性更倾向于立场，态度，质疑。而杂文的思想性更有一种深度的开掘，倾向于哲理或经验的提升。

思想的火花，不必是长篇大论。在杂文里，片言只语，三言两句，就可以像金子一般闪闪发光。我年轻的时候，曾像许多文青一样，专拿一个本子抄录鲁迅杂文里一些令人过目难忘的句子：

——中国虽发明火药，却只会用来放烟花炮竹；发明罗盘，也是用来看风水。

——即使艰难，也还要做；愈艰难，就愈要做。改革，是向来没有一帆风顺的，冷笑家的赞成，是在见了成功之后……

——我们中国人对于不是自己的东西，或者将不为自己所有的东西，总要破坏了才快活的。

——中国人要“面子”，是好的，可惜的是这“面子”是“圆机活法”，善于变化，于是就和“不要脸”混起来了。

——与名流者谈，对于他之所讲，当装作偶有不懂之处。太不懂被看轻，太懂了被厌恶。偶有不懂之处，彼此最为合宜。

由于有思想含量，这样的语言每句都像打火石，在你面前碰撞着，把你的眼睛点得通明。

其次，杂文在副刊要有点儿文艺特色。

杂文是议论文，着眼点往往在说理上。过分强调文艺特色，自然会有些难。但是，既要作杂文，就不能不在这上下点儿功夫。

杂文缺不了批评，但杂文的批评不必如怒目金刚，藏不住心思；不必摆开架势，如华山论道；甚至也不必带着一脸严肃，道是“有理走遍天下”，我是来说理的。杂文最棒的武器是笑，是讽刺与幽默。笑的力量，往往是一种批评的力量。听侯宝林的相声，大家都笑。但他的批评力量，往往比一篇开骂的文章还要有力。杂文也同理，一篇带出笑声的杂文，一定会比一篇带着怒气或怨气的杂文赢得更多的读者。

另外，似乎可以强调一下的是，回归副刊以后，杂文依然要多关注人，关注人性，关注人的灵魂。

这其实是杂文文艺性很重要的一个要素。杂文的关注人性，时评的关注事件，其实是论说文这二兄弟的一个最大区别。对此有人会说不对，杂文也有针对事件而发的。这没错儿，但你再看，如果是杂文，它关注的一定是事件里彰显的人性，而时评关注的则是事件里的是非曲直。

于是，我们回过头来看，脍炙人口的好杂文，总是把人性剖析得淋漓尽致。这些剖析，包括了对人情世态的评论，对社会伦理道德和旧风陋习的针砭。我们可以这么说：时评重在打扫社会环境，而杂文重在打扫人的灵魂。

(2015—4)

网络时代杂文创新的典范

朱铁志

老土的杂文创作不拘一格、独树一帜，思想性、艺术性俱佳，堪称网络时代杂文创新的典范。

网络时代首先是一个众声沸腾、极度喧嚣的时代。互联网的发明，极大地改变了我们原有的生存格局和意识形态格局，改变了人们的思维方式、生活方式、行为方式。这种改变所带来的强烈冲击，现在还只处在表象层面，更深刻的变革正在酝酿和积聚之中。一方面，网络以及由此衍生的系列传媒，无论是传统ＰＣ端，还是微博、微信、手机报等移动客户端，基本颠覆了传统媒体单向灌输的传播理念，代之以海量信息、实时更新、双向互动的全新传播特点，极大地满足了受众的知情权、表达权、监督权，使意识形态呈现出前所未有的新格局；另一方面，网络传播的零散化、碎片化、泡沫化特征，又在肢解和撕扯着人们的整体思维，使人很难在一个相对完整的思维过程中保持精神的安静和思想的定力。与此同时，互联网特别是手机等移动客户端的普及化，使普通民众的表达手段异常多样、发表门槛异常之低。几乎每个人都有麦克风，都可以成为现场直播者。传统杂文透过现象看本质的基本表达套路，隐晦曲折、意在言外的表现手法，被直截了当、异常尖锐、异常辛辣、痛快淋漓的网络杂文所取代。传统杂文在经历了九十年代的言论挑战之后，又遇到了互联网更加严峻的新挑战。

在此情况下，如何继续写好杂文，既继承传统杂文的优良传统，又从网络传播的特点和实际出发大胆创新，就成为每个杂文作者必须直面的问题。老土同志的成功尝试，起码可以给我们以如下有益启示。

网络时代的杂文依然有其独特的存在价值。“段子”和“微信”以其“短、平、快”的特点，更直接、更犀利的表达方式，形成了传统杂文所不具备的某些特殊魅力，对传统杂文形成了强力挑战。而老土同志的实践告诉我们，“段子”和“微信”既是挑战，更是促进。任何一种文体的进步，不仅来自自身的觉醒，也来自外部的冲击。段子具有简洁、犀利、辛辣、一语中的特点，同时也带有碎片化、浅陋化、简单化、情绪化的缺点。而传统杂文不受篇幅和快速阅读的限制，可以在思想和艺术两个层面进行更加深入的开掘、更加从容的展开、更加理性的辨析、更加婉转的表达。一句话，网络时代没有终结杂文，而是对杂文创作提出了新的更高的要求，有出息的杂文家应该正视这种挑战，像老土同志那样，努力写出更多、更好的杂文精品，而不是哀叹杂文的式微。

网络时代的杂文更需要思想性这个灵魂。毫无疑问，思想是杂文的灵魂，批判是杂文的根本属性。再好的材料、再好的文字、再好的构思，如果不以思想为灵魂、为内核，都是枉然。鲁迅杂文之所以让人百读不厌、常读常新，根本原因就在于其深刻的思想见解和独特的艺术魅力。一个杂文作者如果不在这上面下功夫，注定是难有所成的。这当中，最要紧的是要有自己富于创见的新思想，而不是简单重复任何别人的现成结论。杂文不是阐释学，不是说明书，更不是复印机，不能容忍老生常谈，不能接受人云亦云。没有新思想，起码要有新材料；没有新材料，起码要有新表达。老土的杂文从社会生活的生动现实出发，无论是纵论依法治国的大政方针，还是评点某个具体事项，总是以独特的视角表达新思想、新观点、新见解。在简短的篇幅之内，总是力求采用新材料，尝试新表达，给人耳目一新的感觉。

网络时代的杂文更需要学养灌注。杂文的思想性不是凭空产生的。它既来自实践，更来自学养根底。鲁迅先生“孤岛”十年几乎足不出户，却创作了大量脍炙人口的杂文佳作，靠的就是学养灌注的深刻洞察力。朱光潜先生说：“不通一艺莫谈艺”，是说一定要通晓某种具体艺术门类，然后再来谈艺术规律和美的规律。同样道理，写作杂文最好也受过文史哲、政经法、甚至自然科学等某一学科的系统学术训练，具有较为完备的逻辑思维能力和理论基础。如此，写作过程中才会有左右逢源、如虎添翼的感觉。如今很多报刊青睐专家学者言论，看重的其实就是那个学理背景和专业化的论说。但在注重学养灌注的同时，也要特别警惕把杂文写得了无生气，仿佛一篇缩微版的蹩脚学术论文。老土同志学中文出身，常年从事法治宣传工作，拥有博士学位，这使他具有较为完备的知识体系，所以下笔时分从容老到，举重若轻，游刃有余。什么叫思想深度，什么叫富有情趣，什么叫异彩纷呈，什么叫明白晓畅，什么叫深入浅出，看了老土同志的杂文自会有所感受。

网络时代的杂文更忌“杂而无文”。杂而无文，行之不远。所谓“杂而无文”，是说一些杂文缺乏艺术表现力，语言枯涩，结构松散，逻辑随意，缺乏一种内在的从容气质和理性之美。优秀的杂文家往往自觉排斥杂而无文的杂文。在他们心目中，杂文与一般的时评还是有区别的。并不是排成楷体字的就是杂文，也不是放在花边里的就是杂文。杂文作为一种特殊的文学形式，应该有自己的文体特征和独特的美学表达，这是它区别于小说、戏剧、诗歌、散文，同时也区别于时评、政论、论文的特点所在。它的文学性并不简单表现为虚构情节、塑造人物形象上。而是更加注重文章的理趣，通过正论、反论、驳论、归谬等手法明察秋毫、见微知著，陷论敌于被动。杂文尽管以表达思想观点为目的，但其手段必须是艺术的，是可以广泛借鉴和使用所有文学手法的。一方面注重论辩性，强调言论的正确性和逻辑的扣杀力，综合运用归纳、演绎等多种手段，通过典型事件、典型人物的剖析，弘扬真善美，鞭挞假恶丑，揭示社会发展规律，维护人民根本利益。另一方面，在注重论辩性的同时，也可以通过传统艺术形式和文学手法进行多方面的表达尝试，像老土同志那样，可以把小说、戏剧、话本、书信、诉状等各种形式娴熟运用于自己的杂文创作，使作品呈现出百花争艳、摇曳生姿的美学特质。

老土的杂文集《牛头马嘴集》荣获首届鲁迅杂文奖金奖，既是对他多年勤奋耕耘的肯定，更是对他在移动互联时代大胆进行杂文文体试验的肯定。我与老土同志有同好，仅以此文祝贺他获奖，并真诚地向他学习。

(2016—3)

专栏

人天第一才

——析《陋室铭》兼谈刘禹锡其人（才思篇）

杨子才

唐代诗人刘禹锡，写了一首千载传颂的《陋室铭》：

山不在高，有仙则名；水不在深，有龙则灵。斯是陋室，惟吾德馨。苔痕上阶绿，草色入帘青。谈笑有鸿儒，往来无白丁。可以调素琴，阅金经。无丝竹之乱耳，无案牍之劳形。南阳诸葛庐，西蜀子云亭。孔子云："何陋之有？"

这首铭文所以被古今推崇，是因为它文笔优美而富有深意，篇幅又很短小。作者以山水起兴，开头就带出神仙与蛟龙，使读者一下就进入佳境。“文争一起”，这“一起”真是绝妙！接下去的描写，更显出陋室主人情趣之高尚。苔绿草青是淡雅之色，又是生机勃勃的景象；弹琴读经，显出主人既潜心学问，又意态闲逸，不汲汲于得失名利；诸葛庐，子云亭，是引古代贤士哲人诸葛亮、杨雄为同调，意气雄豪超迈，以孔子的话结尾，是点出全文主题，表明自己对高尚道德作毕生追求的坚定信念。全文有譬喻（以“山不在高”“水不在深”喻陋室不陋），有白描（苔痕、草色），有对比（“鸿儒”“白丁”“乱而”“劳形”），有隐寓（仙、龙），有用典（诸葛庐、子云亭及孔子名言），调动了诸多写作修辞手段。句句掷地有声，自然畅达，一气呵成。曲虽终却余音缭绕，韵味悠长。

此文是刘禹锡遭贬逐20年之后写的，“陋室”二字隐含身为逐臣只有粗鄙居所之意。全文巧妙反映了作者在长期逆境中遇变不惊、处危不屈、坚持节操、傲然挺立的高大形象。

说到刘禹锡的人品，不能不说到他一身的遭遇及最能表现他的铮铮傲骨的三首诗。刘禹锡是中唐时期的进步政治家，因参加王叔文集团的革新运动，被守旧顽固势力视为眼中钉，屡次被贬。到元和十年被召回京城长安，他仍然桀骜不驯，不肯低头。春光明媚之日，京城的达官贵人争相去玄都观赏桃花。目睹权势者们车水马龙，堵塞道路，刘禹锡伤时感事，就写下了著名的七绝《元和十年自郎州召至京城赠看花诸君子》一首：

紫陌红尘拂面来，无人不道看花回。
玄都观里桃千树，尽是刘郎去后栽。

他在诗中以桃花喻新贵们攀龙附凤，爬上了高位。“尽是刘郎去后栽”，说的是这伙人由于将刘禹锡等从事革新运动的志士或杀或贬，才得以飞黄腾达。这首诗刺痛了保守顽固势力，刘禹锡因此立遭打击，再次被贬斥到连州，刘禹锡又过了整整14年的逐臣生活，直到公元828年，皇帝都换了三个（宪宗、穆宗、敬宗都死了），他才结束放逐生涯，返回长安。按常理判断，受了这样沉重的打击，刘禹锡总该“学乖”了，但他还是桀骜不驯。在返京途中，他与白居易相逢，写了七律《酬乐天扬州初逢席上见赠》一首：

巴山楚水凄凉地，二十三年弃置身。
怀旧空吟闻笛赋，到乡翻似烂柯人。
沉舟侧畔千帆过，病树前头万木春。
今日听君歌一曲，暂凭杯酒长精神。

不屈、奋斗的气概，跃然纸上，富人生哲理，成为全部唐代诗歌中最受后人赞赏的七律之一。

刘禹锡秉承天生铁骨，带着“巴山楚水凄凉地，二十三年弃置身”的一腔愤忿，特地重寻故地，又写了七绝《再游玄都观》一首：

百亩庭中半是苔，桃花净尽菜花开。
种桃道士归何处？前度刘郎今又来！

由于与前一首七绝所作时间相隔太久，刘禹锡特意写下一段引言，说23年前，玄都观无花。他被贬逐朗州10年，归来听说“仙桃满观，如红霞”，便写了前一首诗，于是又被贬往连州等地14年。今来重游，玄都观“荡然无复一树”，只见有兔葵、燕麦在春风中摇动，“因再提二十八字，以俟后游”。当时唐王朝内部的激烈斗争并未止息，刘禹锡却毫不畏缩，偏要旧事重提，表明即使再被贬逐，回来还要重游此地，向“种桃道士”们开战。

《陋室铭》是在上述三首诗歌问世的中间产生的。对于反映刘禹锡在长期逆境中处危不屈，傲骨铮铮的品格而言，这四篇诗、铭可谓交相辉映，因而他们都被后人交口赞赏。

禹锡其人，居陋室，表面轻松，却不坠青云之志，遂效其韵，成古风一首云：

看题锦绣报琼瑰，俱是人天第一才。
十劫历尽诗豪在，玄都两度吟咏来。
语刺权贵遭放逐，二十四年无涯灾。
骨更坚硬笔更健，天不能死地难埋。
种桃道士皆粪土，刘郎生就强项怀。

(2013—3)

玩意儿到艺术，再从艺术到玩意儿

陈四益

第一次听相声，是在上个世纪50年代初，我小学毕业，从上海来到北京，考入汇文中学。初到北京，什么都感到新鲜：说话不一样，兹知、您宁我分不清，冰棍儿我叫宾棍；东西名称不一样，如上海说“番茄”，北京说“西红柿”，考初中的题目里有“西红柿的主要营养成分是什么”，我竟不知西红柿是什么阿物儿，为此，常识题被扣了几分；同是逗乐儿的说唱表演，上海是“唱滑稽”，北京却是“说相声”。为什么叫“相声”？我不明白，据说明清之际的“隔壁戏”当初就叫相声，但“隔壁戏”即口技，同相声并不一样。或许是因为一逗一捧，相辅为用？或许是说学逗唱均相其声？谁知道呢。

虽说有人把相声溯源于“优语”，或“百戏”，可称源远流长，但直至我到北京之时，相声仍难登大雅之堂，有的进了茶馆儿，有的还在天桥“撂地”。天桥那地界儿我去过，是大人带着去的，有各种杂耍玩意儿。说它是“玩意儿”，也不尽是鄙视的意思，只不过把它当做一门混饭吃的技艺罢了。盘杠子的，记得有位艺名“飞飞飞”的很有名气，说起来便道他“有玩意儿”；变古彩戏法的，一个前滚翻就能从大袍子里捞出一缸金鱼儿，看着挺神，也“有玩意儿”；至于相声，我没大在意，一来相声里多有“荤话”，儿童不宜，大人总是拉着快走，二来撂地说相声，听客流动性大，说相声的每每东拉西扯，枝枝蔓蔓，直到帮人场的多了，才有一小段好听点的内容，中间儿还夹着收钱，小孩子没钱，一见收钱便拔脚开溜了。真正让我觉得相声脱离了“玩意儿”，成为一门艺术，是在剧场听了侯宝林先生的相声以后。侯先生的相声许多是传统段子，但都经过他的整理加工。经他整理的段子，净化了相声的内容，不滥；精炼了相声的语言，不蔓；传递了许多有趣的知识并强化幽默的效果，不俗。不蔓，不滥，不俗，这就使相声有了艺术的价值。

对于中国戏曲表演艺术的特质，最早我就是从他的《戏剧杂谈》获得的。上个世纪50年代，正是全面“学苏联”的时候。差不多各行各业都来了苏联专家，文艺界也不例外。美术界是马克西莫夫，传授的是俄国苏里柯夫、列宾的绘画传统；戏剧界是列斯里，传授的是俄国斯坦尼斯拉夫斯基和丹钦科的话剧艺术体系；文艺理论界是毕达可夫，讲授的主要是苏联季莫菲耶夫的《文学原理》。苏联的都是先进的、科学的，而中国自己的艺术传统，则被视为落后的、不科学的，大有遭鄙弃的势头。也有为中国自己艺术传统呼吁的声音，但在“一边倒”，倒向苏联的潮流下，其声甚微。侯先生的《戏剧杂谈》以幽默的语言谈京戏与话剧的不同，把中国戏剧虚拟的、写意的艺术传统同斯坦尼生活的、写实的话剧艺术风格对比，不但笑料迭出，而且让人觉得中国戏曲的表演、道白、布景，乃至一饮一啄，一颦一笑，都有自己的优长。两把椅子可以化为桥梁，两面小旗推出一辆小车，伸手一抓就抓出一扇门来，植根于生活但又不照搬生活，实在是一种神奇的艺术，何能小觑！上个世纪50年代后期，由于中苏关系的改变，又开始强调中国自己的艺术传统，理论、美术、戏剧（包括话剧）的民族化一时颇为热闹，但在“一边倒”的时代，能够像侯宝林这样用相声来赞扬中国戏剧的优长，既谐又庄，寓庄于谐，是要有识见、也有高超智慧的。

侯先生的《普通话与方言》也令我大受教益。那时正在全国推广普通话。我在中学读书，因为口吐南音，常常受到同学的揶揄，于是我拼命模仿北京人说话的腔调—“踮儿了”“撒丫子了”“您别介”“折子了”“借我瞜瞜”，好像越是这样，普通话就越纯正。听了侯先生的相声，才知道普通话并不就是北京话。待到进大学，读中文系，听老师讲普通话的定义是以北方方言为基础方言，以北京语音为标准音，以典范的白话文著作为语法规范，这才明白侯先生的相声正是对普通话的正确阐释。但他以幽默出之，轻轻松松，不知不觉，在笑声中让听众得到了教益。多少年后，看到一些回忆文章，才知道侯宝林先生同文学家、语言学家吴晓铃、罗常培，作家老舍，漫画家方成交谊均厚，他们如切如磋，如琢如磨，知识互补使侯先生学养大增，这也就是侯先生虽是相声演员，但很少江湖气而富于书卷气的缘故。《普通话与方言》便是他同吴晓铃教授共同创作的。

方成先生有《侯宝林的幽默》一书，由河北教育出版社出版，对侯先生的三十来段相声（有传统的也有新创作的）逐一做了深入的艺术分析，有的讲他如何去粗取精，有的讲他如何删繁就简，有的讲他如何去恶俗，并兼及幽默之规律和他的表演艺术与表演风格，读者若有兴趣，可以找来看看。方先生是漫画大家，漫画之幽默与相声之幽默，其道相通，更兼二人相交莫逆，于侯先生生前曾多次交流艺术心得，故能得其神髓，也可知说相声能达到不蔓，不滥，不俗，表演风格能达到恰到好处，留有余地，宁可不够，不要过头那样一种含蓄雍容的境界，使相声从“玩意儿”变为艺术，谈何容易！它是一位艺术家毕生的追求。相声在“侯宝林时代”，达到了辉煌。

讽刺，是相声的灵魂。把讽刺的锋芒指向各种社会的陋习和人性的缺陷，让人在笑声中同它告别，是讽刺艺术特定的社会功能。后来，讽刺难行于世，便有了所谓“歌颂性相声”。虽然演员费尽心力使之具有一定的趣味，但毕竟不是本色当行。在社会上歌颂已经铺天盖地的时候，把本已无多的讽刺再变为“歌颂”，以适应某种政治的需要，结果是使相声变味儿，渐渐走向衰落。到了“文革”，相声衰微，侯宝林也成了被批斗的“牛鬼蛇神”。时耶？命耶？这也不是一个人的遭际。

“文革”结束，相声出现了短暂的生机，梁左的相声本子不输何迟，合以姜昆的表演，为一时俊彦。但好景不长。一则梁左早逝，再无接续的优秀创作人才；二则尽管社会需要讽刺，无奈人情仍喜颂扬而厌批评，失去了讽刺，因而也失去了灵魂的相声，渐渐演化为一种空洞甚至无聊的逗乐；三则以逗乐为能事的“笑星”，为了迎合某种效果的需求，也为了迎合市场的某种需求，相声愈来愈有回归到玩意儿的趋势，侯先生去除唯恐不尽的恶俗、枝蔓的东西也被当做“传统”而重又捡起。这大约也是对封杀讽刺极端主义的报复。

活跃的笑星们，到底还能否把侯宝林开辟的路径继续拓宽，还是回头去寻找渐已荒芜的小路，不完全取决于笑星们的喜好，更多的还是左右着笑星们的主事者的政治趣味与观众的欣赏趣味会取怎样的走向——咱们且走着瞧。

(2015—1)

书
香

中国杂文的长河

——《中国杂文（百部）》总序

刘成信

一

人类的文学艺术，源远流长，丰富多彩。随着社会的推进、发展，其分门别类日益精细——从最初的歌曲、舞蹈、神话、故事等逐步演绎出诗、散文、小说、戏曲。直到上个世纪初，科学技术与文学艺术融合，又有了电影、电视剧等。

有一种文学艺术虽然在中国问世两千余年，由于后人未给予“名分”，以至到20世纪初，才从文学艺术谱系中分野出来，这就是古老而年轻的杂文。

人类和自然界大体都遵循用进废退的法则萌芽、生长与消弭。两千多年来，杂文本应与小说、诗、散文、戏剧、音乐、电影等姊妹艺术一道，繁花似锦、根深叶茂。然而，它没有像先贤们渴望的那样，而是纤弱，时生时灭，时有时无，同其他汗牛充栋的文学艺术作品相去甚远。

二

时序到1915年，中华文学艺术宝库迎来新曙光，一个精灵出现了——杂文在多灾多难的中华大地，被一些先知先觉的知识分子接受了！

杂文这个新成员一俟来到华夏，其特性便与众不同——首先是符合社会发展规律，它主张顺应历史潮流。它不重复生活，不还原历史，不演绎过去，而最突出展示将来，预期社会走势，判断人间是非。

杂文一俟来到华夏，便告之，它向往和平、民主、科学、自由、平等、人道、富裕及真善美；杂文憎恶专制、昏聩、愚昧、野蛮、特权、贪婪、奴性、虚伪及假恶丑。杂文与其他文学艺术既相通又有自己的特性。

杂文一俟来到华夏，就融于文学大家族，与各种文学艺术形成天然的血肉联系。它不像小说刻画人物，而是粗线条勾勒人与事；它不像诗、散文等那样纤细、抒情，而是明白如话，开诚布公。但杂文能够调动各种姊妹艺术如寓言、故事、说唱、戏曲、元杂剧等“为我所用”。

杂文一俟来到华夏，它就友好地“拿来”社会科学乃至自然科学的多种文化元素。它不是政治学，但只有不迷失政治选择，才能解析身边社会的变数；杂文不是社会学，但只有掌握瞬息万变的时代脉搏，才能适应人间丛林法则；杂文不是历史学，但人总应拨开历史雾障，略知历史长河的走向；杂文不是生理学不是心理学，但它能解剖人性、解读人生、理顺人际关系；杂文不是方法论，但它无处不闪烁思想方法光芒；杂文不是文艺学，但它评价文艺现象既深刻又形象；杂文不是美学，但每篇优秀杂文无不抨击假恶丑，无不向往美、赞扬美……

理解杂文、认识杂文，才能与杂文为友，才懂得杂文的大爱。杂文真的是半部百科全书。

三

杂文打捞历史风尘，知耻近于勇。杂文对于文化批判，社会批判，历史批判，人性批判，世世代代惹来不知多少是非。

嫉妒杂文、讨厌杂文者，甚至欲将杂文从百花园中斩草除根，所以，杂文往往难以长成大树，多少代都不能像其他文学艺术那般枝繁叶茂。有人说杂文偏激，有人说杂文片面，有人说杂文招惹是非，更有人对杂文产生各种各样的误解，以至于把杂文称之为乌鸦，恨不得把一切不祥之物都推到杂文身上。

杂文，曾为作者“惹”下多少祸根，有人曾因杂文葬送自己的大好前途，多少代杂文人曾为自己带来难以洗清的污秽。

然而，实践证明，杂文只能为民众造福，世世代代多少志士仁人，曾为杂文洗刷了一切不实之词，它为人们启蒙越来越受人们欢迎。

四

本书作者共计380位左右，分当代、现代、历代。

我们试图把1915年《新青年》“随想录”诞生前的杂文划为历代，1915年到1949年划为现代，从1949年到当今划为当代。

1915年“随想录”之前称之为杂文，主要是根据作品性质、特点，而不是按刘勰在《文心雕龙》所谈的“杂文”。

当代作家选50位，每人1部杂文，50篇左右。另有合集10部，每部20多位作家，共200多位作家，400多篇作品；现代作家20位，每位50篇杂文，7万多字，另有40多位杂文作家，10部合集；最后选70多位历代杂文作家，均为合集，每篇作品都有注解、题解、古文今译。

当代50位杂文作家大体是根据5点遴选的。

一、杂文创作时间超过20年；二、曾创作有影响的杂文作品在30篇以上；三、曾创作经典性杂文作品；四、作品强调思想倾向的同时，艺术性也不为之忽视；五、曾在国内组织带领作家创作杂文卓有成就者。

20多年来，我曾在助手们协助下选编各种版本杂文集50多部，选编如此大型杂文丛书，对我是一种尝试，深知其难度。这部《中国杂文》（百部）整整花费我四年时间。杂文作品浩如烟海，读数百册杂文集、数百万篇杂文作品，难免挂一漏万，特别是这部大型丛书在国内尚无参照系，错讹在所难免，恭请诸位指正。

（2013—1）

时代需要杂文家

——读《中国当代杂文家》

李庚辰

从2014年1月起，《杂文报》推出了一个“全国杂文名家风采”专栏。由汪金友和雷长风执笔，每周一期，每篇文章1300字左右，外加一幅照片，专门介绍全国各地杂文家的创作经历、创作成就、创作理念，以及各自杂文作品和处世为人的风采、风格、风度等。

这组系列文章陆续发表之后，很快在全国的杂文界和广大读者中引起很大反响。许多人来电来信或在网络上撰文，对推介杂文家之举表示赞赏和支持。在当年5月22日于上海浦东召开的第28届全国杂文学会联谊会年会上，与会人员不约而同就这个话题进行了热烈讨论。一方面希望这个栏目能够继续办下去，介绍更多的杂文家，另一方面围绕杂文家的培养和打造，也提出了一些很好的建议。

改革开放以来，中国的杂文创作进入了一个新时代。从上世纪七八十年代至今，30多年间，经历了几次社会大潮，也出现了几次杂文创作高峰，涌现出一大批精品杂文和优秀杂文家。在这过程中虽然也有风吹雨打，但杂文始终奋然前行，杂文家在推动社会发展进步中始终坚持发挥积极作用。

所谓的“作家”，是指以写作为业的人，或者在文学创作上有成就有盛名的人。一般说，能够被称为“作家”的人，都出版过自己的著作，或发表过大量的作品，并在社会上产生了较大的影响。同样，我们所说的“杂文作家”，也是在杂文创作上有突出成就的人。他们纵横杂坛，驰骋南北，发表过数百甚至数千篇杂文，出版过一部或者多部文集，为社会所认知，为业内所认可。

这样的杂文家，当前全国可能已有几百人甚至上千人。但几十年来，介绍杂文作品的文章虽然不少，介绍杂文家情况的却难得一见。很多读者可能都不知道，那些经常在报刊上奋笔疾书仗义执言的杂文家，他们为什么要写杂文？其创作成就有多大？他们的人生经历如何？又提出了哪些振聋发聩的真知灼见？可以说，“全国杂文名家风采”的文章，对于诸如此类的问题，都作了生动的描述和较为准确的回答。

只可惜，《杂文报》于2014年底因故停刊。虽然在停刊前增加了一些版面，集中刊发若干篇杂文名家风采的文章，但总共也只刊出60篇。为此，很多杂文作者和读者，都表示遗憾，一些省市杂文学会则纷纷呼吁和建议，要求把已经刊发的和后续采写的介绍杂文家的文章，汇集成一本书，一来用于各地杂文学会和杂文作者之间相互交流，二来也向广大读者集中展示一下当代中国杂文家的雄壮阵容和绚丽风采。酝酿过程中，黑龙江杂文学会捷足先登主动担纲，积极努力做了大量工作。他们不仅率先联系出版机构，而且建议将此书命名为《中国当代杂文家》，还在编辑设计、出版发行等方面，也给予了有力的支持。在此，我代表全国杂文学会联谊会组委会及杂文作家们，向他们表示衷心的感谢。

《中国当代杂文家》首批推介的，共有110位杂文家。这些杂文家，大多为各省市杂文学会推荐。他们有的发表过巨量作品，有的出版过多部著作，有的多次荣获大奖，有的已成学术权威。更重要的是，他们至今仍活跃在全国杂坛上，具有广泛社会影响。当然，由于多方面的原因，还有很多成就卓著的杂文家未来得及采写，留下了一些遗憾。

本书主要撰稿人汪金友，现为全国杂文学会联谊会组委会副主任兼副秘书长，他也是国内一位成果丰硕、很有影响的杂文家。30多年来，曾创作发表过3000多篇杂文、评论和随笔，并荣获中国新闻奖言论一等奖。近几年，为全国杂文学会联谊会的组织筹备、沟通协调、信息交流和通联宣传等，做了大量工作。因为他多年从事杂文创作，又参加过多次杂文活动，接触和熟悉很多杂文作家，所以了解和掌握较多全国杂坛情况。这次他和雷长风不辞辛劳，投入大量时间和精力，精心采写全国各地的杂文家，这也是对繁荣杂文创作、发展杂文事业的一份积极具体的贡献。

本书的另一位撰稿人雷长风，也是一位杂文家，现为河南省新乡市杂文学会副会长。其杂文多次荣获中国新闻报纸副刊好作品奖。多年以来，他不断尝试用各种文学体裁来创作杂文，尤其是他的"人物杂文"，独具"雷氏特色"。他通过小人物的现实状态和生活经历，来发掘和探讨深层次的社会问题，结集出版了《草根族的生命力》一书，受到广泛的社会好评。自2013年冬以来，雷长风和汪金友一道，共同策划、采访和撰写"名家风采"文章，每写一篇他都不惜下笨功夫，阅读大量文章和资料，把推介杂文家当做了自己的主要创作任务，这种精神，实在让人感动和敬佩。

《中国当代杂文家》的出版，是全国杂文界的一件大事，也是一件喜事。杂文需要发展和繁荣，杂文家需要理解和支持，无论在杂文界内部还是外部，都需要相互了解和交流。从另一面说，这次全国100多位杂文家的集中亮相，也是接受时代和人民的检验。我们知道，杂文家虽然经常批评别人，但自己也会有很多的不足。其中既有视野和文笔的不足，也有思想和性格的局限。正如鲁迅所说，我们既要“时时刻刻解剖别人”，又要“无情地解剖自己”。为此，在我们总结经验、展示成果的时候，也应保持冷静的头脑，并以自己的智慧和努力，创作更多的精品，推动杂文的繁荣和社会的进步。

(2015—4)

杂文之火不灭

——贺《中国当代杂文精品大系》问世

朱铁志

《中国当代杂文精品大系（1949—2013）》之所以定位于新中国成立以来，特别属意于改革开放之后，是因为建国后到党的十一届三中全会以前的三十年，中国当代杂文历经“反右”“文革”等政治运动的磨难，只经历过短暂的、充其量累计不超过两年时间的所谓“繁荣期”。杂文真正的繁荣是党的十一届三中全会以后，其持续时间之长、涌现作者之众、报刊栏目之多、题材体裁之多样、出版文集之多、社会影响之大，都是前所未有的。从某种意义上说，以1976年打倒“四人帮”为标志，伴随着真理标准大讨论，新时期文学开启了狂飙突进的新时代。在文学大军浩荡前行的队伍里，杂文与小说、诗歌、戏剧一道，成为引领思想解放的光荣一翼。它以睿智的眼光、坚韧的意志、不屈的姿态，傲然挺立在新时期乍暖还寒的土地上，仿佛报晓的雄鸡，又像滚动的春雷，将蛰伏的生灵唤醒，把冰冻的土地融化。于是，无数思索的目光透过“花边文学”窥见时代风云变幻，无数焦渴的灵魂在震撼中开始寻找失落的尊严。由鲁迅先生开启的“社会批评”、“文明批评”的杂文传统，在这一刻焕发出特有的生机和力量，启发群伦，激励民众，推动社会变革。如果说新时期以思想解放为发端，那么完全可以说，新时期文学的苏醒、奋起、繁荣，既有以“天安门诗抄”为代表的诗歌的功绩，有以《伤痕》《班主任》为代表的“伤痕文学”的贡献，同时也有以《鬣狗的风格》《江东子弟今犹在》《东方红这首歌》《切不可巴望好皇帝》《华表的沧桑》《语录考》《万岁考》等为代表的一大批优秀杂文作品的贡献。思想解放运动作为新时期的发动机，是杂文复兴最重要的思想基础和推动力量；新时期杂文的繁荣是思想解放运动的必然结果和逻辑延伸。作为时代精神的特殊反映，新时期杂文以最敏感的神经感应世事变迁，以最锋利的武器对腐朽势力发起有效进攻。时代进步有它的助力，社会发展有它的功绩。作为思想解放的先驱、历史进步的先声，新时期杂文以其宏大的创作群体、优异的创作实绩、广泛的社会影响，彪炳文学史，笑对时代潮，成为杂文家足堪自豪的美好记忆。

研究改革开放以来思想解放的历史，绕不开新时期文学；谈论新时期文学，必然触及新时期的杂文创作。随着时间的流逝，何满子、冯英子、黄秋耘、老烈、牧惠、谢云、舒展、蓝翎、李汝伦、陈泽群、王大海等老一辈杂文家先后离世。严秀、方成、章明、刘征、周修睦、邵燕祥、黄一龙等前辈杂文家逾耄耋之年；而依然活跃在创作一线的王春瑜、陈四益、段柄仁、李下、鄢烈山、王乾荣、李乔、阮直、安立志等，也已跨越退休年龄；即便是杨学武、张心阳、陆春祥、徐迅雷等中坚力量，也已过了知天命之年；年轻如刘洪波、杨庆春、潘多拉诸位，其实也早已不年轻了。由此看来，杂文实实在在面临一个“传”与“承”的问题。“传”，是把前辈优秀的作品整理出来，传之后世；“承”，是通过所有杂文家的不懈努力，让后人特别是今天的年轻人知道中国还有杂文这样一种古已有之、并由鲁迅先生完善的独特文体，还有一群为之殚精竭力、焚膏继晷的辛勤作者，还有生生不息、佳作迭出的杂文作品。杂文之火不灭，乃是思想解放的灯塔不灭，“社会批评、文明批评”的优良传统不灭，中国知识分子的社会良知不灭。

(2015—2)

渴望杂文百花争艳

——《新世纪北京杂文选粹》序

段柄仁

有几位同行说，“杂文的春天到了”；我回应，“但愿如此”。应当说，同行的预感不是毫无根据的。从大形势看，我国的“经济发展新常态”，“文化的大发展、大繁荣”，特别是“四个全面”的战略布局，为杂文施展身手，开拓了广阔天地，敲起了响亮的锣鼓，创造了良好的大环境。从杂文界的现状看，“杂坛”日趋活跃，新的杂文刊物和专栏，像丛竹生笋，陆续冒出地面，《徐州杂文》《浙江杂文界》《北京杂文》等专刊，《群言》杂志杂文专栏等和社会信息化带来的各类杂文网站，给杂文界增添了勃勃生机和活力。刘成信主编的《中国杂文》百部、朱铁志主编的《当代杂文精品大系（1949—2013）》出版发行，或许是歌舞开场前的后台准备，或已是隐约传来的春雷滚动。我以为杂文要踏入春天，门槛应更高一些。应是杂文已成翠绿一片，春花争放，目前还差一点火候。春天到来的前提应是杂文界风正气盛，先进价值观主导，杂文作者思想解放放开手笔，且人才涌流。而达到这一境界的一个重要条件是各级领导人，特别是意识形态主政者和各地“一把手”，应有相应的学识、远见、胸怀和能力。这些年杂文作者在多数地区，较长时间有“稳定感”“宽松感”“光热感”，是和许多领导人的“开明、开放、开拓”或者说有相应的执政能力分不开的。然而如同自然界不会天天春意盎然，社会发展总是起起伏伏，有晴有阴，有明有暗。就杂文而言，因它是批判的艺术，“满身带刺”，常常被不知从何而起的风浪，卷入风口浪尖，更特别容易和手握权柄但失德失范、违法乱纪者发生冲突而遭受打压。即便是倡导文明法治、正在加强社会对权力监督的今天，杂文家因神经敏感触及时政而受冲击的事件也时有发生。某地因杂文报发表了几篇不合时宜的文稿，便被“合并”掉，如同某人脸上有点脏就把头砍掉一样，让人唏嘘！

为助力“杂文的春天”尽快到来，北京杂文学会编纂了这部文集，原则是北京的杂文作者，自愿、自选、自己的杂文两三篇而后经选择其中一两篇入书。在本书的作者中，不少是杂坛名家，但并非北京知名杂文家都有文章被收入。其中许多作品受到读者称赞，曾获各类奖项，但并非每一篇都是精品佳作。还有意识地收进了一些正在成长的青年作者的作品。总体上讲，她是对近年北京杂文整体发展状况和水平的展示，使人看到，我们的杂文之火，不仅没有熄灭，而且仍在熊熊燃烧，发热发光。我们的一些老作者们，并非偃旗息鼓，其中不少人仍然笔耕不辍，不断有佳作推出。而一些年轻作者，也在迅速成长，杂文薪火不断，引人入胜的前景可期。文集还以作品为样本、为媒介，可起交流作用。首先是作者间的相互学习交流，以加强杂文队伍的凝聚力、向心力，促进杂文写作水平的提高。还可和兄弟省市，以至海外对杂文有兴趣者交流，以增进相互联系和友谊。文集是一面旗帜，具有导向引领作用，招凰引凤效能。文集是一盏明灯，让你眼前有明光照，心中有参照物。文集是一面战鼓，可以鼓舞士气，激励斗志，摧人奋进。文集还是阳光雨露，摧生杂文的春天尽快到来，百花齐放、争奇斗艳的景象尽早出现。

(2016—1)

鉴赏

他的眼

——读《夜颂》

笨小编

鲁迅在刊于1933年6月10日《申报·自由谈》上的趣文《夜颂》里说，他是一个“爱夜的人”——因为“人的言行，在白天和黑夜和灯前，常常显得两样”，只有在黑夜，人才“不知不觉地渐渐脱去人造的面孔和衣裳，赤条条裹在这无边际的黑絮似的大块里”。

什么是“大块”？李白诗曰：“阳春召我以烟景，大块假我以文章。”“大块”就是大自然。白夫子在满眼烟霞中潇潇洒洒赏景，下笔如神作文；而沉郁的鲁迅，就没有李白洒脱了。

鲁迅每每深夜写作。当他作文时，他是脱去了“人造的面孔和衣裳”的，也就是“赤条条”的。即是说，他白天的各种应酬，还有虚与委蛇（yí）成分，那是不得不然的，但心里总压抑着一股气。在黑夜里，他就是一个赤条条的灵魂，很纯粹地“唱着所是，颂着所爱，恨着所非和所憎”。

在“这无边际的黑絮似的大块里”，鲁迅为什么反而获得了“所爱”和“所憎”的自由呢？因为他有“听夜的耳朵”和“看夜的眼睛”。他当然知道“夜里有明暗，有微明，有昏暗，有伸手不见掌，有漆黑一团”，但爱夜的人，即长着“听夜的耳朵”和“看夜的眼睛”之人，能“在黑暗中，看见一切暗”。

因为鲁迅此时是“赤条条”的，所以他也要扒下那些白天人五人六的“正人君子”的皮，让他们也“赤条条”。但洁白的“赤条条”的鲁迅，因为长了“听夜的耳朵”和“看夜的眼睛”，所以能“暗中看暗”，透视出“正人君子”在白天掩盖下的虚伪、撒谎，骗人、吹牛和捣鬼，于是挥笔，将之揭露无遗。

在与“夜”相对应的“光天化日”，很多虚伪与罪恶被堂皇的表面掩盖、遮蔽了，很难叫芸芸众生看透。白天看不透的，人们夜里蒙头酣睡，则连看也不看了。

鲁迅却在暗中“看见一切暗”，尤其是看出在“高墙后面，大厦中间，深闺里，黑狱里，客室里，秘密机关里……弥漫着惊人的真的大黑暗”。

现今被抓的贪官较多，人们不能像耳熟能详刘青山、张子善那样，记得大多贪官的名字——这个人，去年2月落马的山东省委原常委、济南市委原书记王敏，很多人可能早把他忘了。我提到他，是因为他简直就是鲁迅笔下“大黑暗”里的一个具象和典型。面对记者，王敏坦白了自己的真面目，是“台上一套，台下一套；说一套，做一套；人前是人，人后是鬼”。

王敏暗中贪腐无度；当“一夜已尽”，即在明处，在台上，在人前，却如鲁迅所写，他化了妆，满像一个清廉高干，“又小心翼翼地起来，出来了”。他“起来，出来”干什么？他讲“守纪律遵规矩”，落马当天，还在济南市领导干部大会上作“廉政警示教育”报告呢。

他的“明处、台上、人前”，即是鲁迅所说的“黑暗的装饰”，也可说是“鬼脸上的雪花膏”。

鲁迅为什么“爱夜”？他说，“只有夜还算是诚实的”；夜剥了伪君子的皮，使“看夜的眼”窥见他们的真面。

鲁迅杂文不朽。如这篇《夜颂》，即使对80多年后的今天的社会现实，也具有强烈的启示性。

李白在“万物之逆旅”的“大块”里，“会桃花之芳园，序天伦之乐事”；鲁迅在“无边际的黑絮似的大块”里，睁大“看夜的眼”，拿起他犀利的柳叶刀……

(2016—1)

附：夜　颂

鲁　迅

爱夜的人，也不但是孤独者，有闲者，不能战斗者，怕光明者。

人的言行，在白天和在深夜，在日下和在灯前，常常显得两样。夜是造化所织的幽玄的天衣，普覆一切人，使他们温暖，安心，不知不觉的自己渐渐脱去人造的面具和衣裳，赤条条地裹在这无边际的黑絮似的大块里。

虽然是夜，但也有明暗。有微明，有昏暗，有伸手不见掌，有漆黑一团糟。爱夜的人要有听夜的耳朵和看夜的眼睛，自在暗中，看一切暗。君子们从电灯下走入暗室中，伸开了他的懒腰；爱侣们从月光下走进树阴里，突变了他的眼色。夜的降临，抹杀了一切文人学士们当光天化日之下，写在耀眼的白纸上的超然，混然，恍然，勃然，粲然的文章，只剩下乞怜，讨好，撒谎，骗人，吹牛，捣鬼的夜气，形成一个灿烂的金色的光圈，像见于佛画上面似的，笼罩在学识不凡的头脑上。

爱夜的人于是领受了夜所给与的光明。

高跟鞋的摩登女郎在马路边的电光灯下，阁阁的走得很起劲，但鼻尖也闪烁着一点油汗，在证明她是初学的时髦，假如长在明晃晃的照耀中，将使她碰着“没落”的命运。一大排关着的店铺的昏暗助她一臂之力，使她放缓开足的马力，吐一口气，这时之觉得沁人心脾的夜里的拂拂的凉风。

爱夜的人和摩登女郎，于是同时领受了夜所给与的恩惠。

一夜已尽，人们又小心翼翼的起来，出来了；便是夫妇们，面目和五六点钟之前也何其两样。从此就是热闹，喧嚣。而高墙后面，大厦中间，深闺里，黑狱里，客室里，秘密机关里，却依然弥漫着惊人的真的大黑暗。

现在的光天化日，熙来攘往，就是这黑暗的装饰，是人肉酱缸上的金盖，是鬼脸上的雪花膏。只有夜还算是诚实的。我爱夜，在夜间作《夜颂》。

六月八日

一篇影响历史进程的杂文

—— 读李斯《谏逐客书》（古典作家篇）

蒋元明

秦始皇不仅在中国，在世界上也是最牛的皇帝！然而，秦始皇的主要政治智囊、大秦帝国的总体设计师，却是李斯。

今天不谈政治家、思想家、改革家的李斯，主要谈杂文家的李斯，而且就谈他的一篇杂文——这篇杂文，其意义深远，作用非凡，具有不可替代的历史地位。

李斯，约公元前280年至前208年，不是秦国人，楚上蔡人也。年轻时从荀卿学帝王之术，相当于博士生。荀卿，又名荀况，也就是荀子，法家的祖师爷。李斯学成之后就向老师告别，说要到秦国去发展，施展才学。他说，纵观天下，六国皆弱，唯有秦国有可能一统天下。得到老师的认同。到了秦国，他就向秦始皇（当时叫秦王）献了灭六国、归一统的计策，受到赏识，拜为长史、客卿，并且按照他的计策，文攻武略，开疆拓地，战果显著。从当时的处境看，“客卿”，就是外籍打工仔，属白领，或者相当于现代的访问学者，虽然拿到“绿卡”，但还没有入秦国籍。

就在这个时候，公元前237年，秦国发生了轰动一时的“间谍门”事件，一下把李斯推到了风口浪尖上。

当时的韩国为了对付秦国的吞并，就派水利专家郑国去秦国游说秦王大兴土木，修渠300里，以达到削弱秦国的财力物力，争取多活几天。这事后来败露了。于是秦王室的人就借机发难，说六国外来人才都是间谍分子，要毁灭秦国，必须一律驱逐。于是，秦王下了一道逐客令，李斯也在驱逐之列，准备卷铺盖走人。

这对年轻的访问学者李斯来说，就好比当头一棒，眼看大好前程转眼就要付之东流了。估计当时李斯很郁闷，自杀的心都有。但他不甘心，他毕竟是怀抱宏图大志的，何况还是一个杂文家，于是一挥而就，立马写下了著名的《谏逐客书》。谏，就是劝说的意思，但李斯在这里完全变成了狠狠的批驳！

这篇杂文起头就很厉害，说你这个逐客令，简直是大错而特错——你们老秦家从八辈祖宗起，就是依靠外来人才发家致富的。从秦穆公、秦孝公、到秦惠王、秦昭王，重用的全是外来人才。商鞅变法，国富民强；张仪外交，拆散六国，使秦国称霸。秦国从窝居西北的一个弹丸小国，发展到如今雄霸天下的超级大国，全是外来人才的功劳，“由此观之，客何负于秦哉”？可现在，秦国一夜之间却变成了“不问可否，不论曲直，非秦者去，为客者逐”，这哪是“跨海内、制诸侯之术”？这哪像逐鹿中原、扫平六国的君王所为？

“泰山不让土壤，故能成其大，河海不择细流，故能就其深”。当今之世，天下所争，首先是人才之争，谁拥有众多人才，谁就能一统天下。而秦国呢，“今逐客以资敌国”，要把人才统统赶到敌人那边去，实在是愚不可及。我看秦国很危险了，秦国快完蛋了！

李斯的这篇杂文，秦王看了脑门直冒汗。为什么？他是少年天子，22岁，当代第一政治愤青，立志要超过祖宗八代，灭六国，统华夏，建盖世之功，万世留名。你说这个该死的逐客令，差点毁了我的宏图大业。好你个李斯，你简直帅呆了，你太有才了！

“秦王乃除逐客令，复李斯官，卒用其计谋，官至廷尉，二十余年竟并天下，尊主为皇帝，以李斯为丞相。”（《李斯列传》）这段话是司马迁给李斯杂文作的注解，说明它的历史地位。

一篇杂文，改变了一个人的命运，改变了一个国家的命运，影响了整个历史的进程。试问，在中国文学史上，有哪一篇作品有这么大的作用？

这篇杂文高屋建瓴，势如破竹，雄辩滔滔，文采飞扬。正所谓，风华正茂，指点江山，激扬文字。建议同学们，把上网的时间，把谈情说爱的时间抽出那么一点点，趁年轻的时候，读几篇这样的好文章，你会胸中多豪迈之气，意气风发，不为浮云遮望眼，有助于你成功成才。当代青年不缺才学，不缺聪明，更不缺吃穿，但理想、志气似乎不相匹配。大学生自杀、杀人，研究生跳楼、出走的现象，说明有些青年人志向不高，目光不远，经受不起一点挫折，断送了美好的前程和宝贵的生命，令人扼腕。

（2013—3）

附：谏逐客书

李　斯

臣闻吏议逐客，窃以为过矣！

昔穆公求士，西取由余于戎，东得百里奚于宛，迎蹇叔于宋，求丕豹、公孙支于晋，此五子者，不产于秦，而穆公用之，并国二十，遂霸西戎。孝公用商鞅之法，移风易俗，民以殷盛，国以富强，百姓乐用，诸侯亲服，获楚、魏之师，举地千里，至今治强。惠王用张仪之计，拔三川之地，西并巴、蜀，北收上郡，南取汉中，包九夷，制鄢、郢，东据成皋之险，割膏腴之壤，遂散六国之纵，使之西面事秦，功施到今。昭王得范雎，废穰侯，逐华阳，强公室，杜私门，蚕食诸侯，使秦成帝业。此四君者，皆以客之功。由此观之，客何负於秦哉！向使四君却客而不纳，疏士而不用，是使国无富利之实，而秦无强大之名也。

今陛下致昆山之玉，有随、和之宝，垂明月之珠，服太阿之剑，乘纤离之马，建翠凤之旗，树灵鼍之鼓。此数宝者，秦不生一焉，而陛下悦之，何也？必秦国之所生而然后可，则是夜光之璧不饰朝廷，犀象之器不为玩好，郑、卫之女不充后宫，而骏马駃騠不实外厩，江南金锡不为用，西蜀丹青不为采。所以饰后宫、充下陈、娱心意、悦耳目者，必出于秦然后可，则是宛珠之簪、傅玑之珥、阿缟之衣、锦绣之饰不进于前，而随俗雅化、佳冶窈窕赵女不立于侧也。夫击瓮叩缶、弹筝搏髀而歌呼呜呜快耳者，真秦之声也。郑、卫、桑间，韶虞、武象者，异国之乐也。今弃击瓮而就郑、卫，退弹筝而取韶虞，若是者何也？快意当前，适观而已矣。今取人则不然，不问可否，不论曲直，非秦者去，为客者逐。然则是所重者在乎色乐珠玉，而所轻者在乎人民也。此非所以跨海内、制诸侯之术也。

臣闻地广者粟多，国大者人众，兵强则士勇。是以泰山不让土壤，故能成其大；河海不择细流，故能就其深；王者不却众庶，故能明其德。是以地无四方，民无异国，四时充美，鬼神降福，此五帝、三王之所以无敌也。今乃弃黔首以资敌国，却宾客以业诸侯，使天下之士，退而不敢向西，裹足不入秦，此所谓藉寇兵而赍盗粮者也。夫物不产于秦，可宝者多；士不产於秦，而愿忠者众。今逐客以资敌国，损民以仇，内自虚而外树怨于诸侯，求国之无危，不可得也。

（2013—3）

也是杂文家

——谈老舍的幽默

李景阳

“幽默大师”的雅号让林语堂得了，我想原因有二，一是他把那个英文词儿引入了中国，二是他的文章也不乏幽默。老舍也幽默，但因为那雅号先让老林拿去了，就单享一个“语言大师”的称誉了。但老舍实应与老林并列第一，他们的幽默各不同。林语堂“两脚踏东西文化，一心评宇宙文章”，他的幽默也许是“学者型”的，老舍写了一辈子小说，还写戏剧，还写鼓词、相声，他的幽默则应是“作家型”的。但若说他俩谁的幽默味道“冲”，那还得说老舍。林语堂的幽默是腌制出来的，比较内敛；老舍的幽默是芥末，让你一下子噗嗤喷饭。喜欢哪种幽默，那就看各人的口味了。还须说一句，老舍的“语言大师”的称号可不是白拿的，帮他造幽默的正是那平民味十足却又经过提炼的语言。

我先上点“芥末”，让大家瞧瞧老舍的幽默。

他家境贫寒，写被逼债特有心得：“幽默也不行，讨债的人好像最不懂幽默。你越说轻松可笑的话，他越跟你瞪眼。他非看见钱不笑。你要跟他瞪眼呢，那就更糟，他似乎和巡警是亲戚，一招呼就来。”（《新年的二重性格》）

他对考试反感，说：“考试制度是一切制度里最好的，它能把人支使得不像人了，而把脑子严格的分成若干小块块。一块装历史，一块装化学，一块……”；“赴考的期间你别自居为人，你是个会吐代数、吐历史的机器。”（《考而不死是为神》）

读书这雅事，能玩什么幽默？可到了老舍笔下，那就大出其彩。他读《相对论原理》读不进去，你猜他怎么说：“我倒久想明白点真理，如地是圆的之类；可是这种书别扭，它老瞪着我。”你看，明明是他读不下去了，愣在那儿，却说书瞪着他。而后他说：“我跟它‘相对’了两点多钟！往后边一看，公式还多了去啦！我知道和它们‘相对’下去，它们也许不在乎，我还活着不呢？”（《读书》）

还有，他写剧场秩序，列了20条，我举其中4条，都是反语：“在观剧之前，务须伤风，以便在剧院内高声咳嗽，且随地吐痰”；“家事，官司，世界大战，均宜于开幕后开始谈论，且务须声震屋瓦”；“入场务须至少携带幼童五个，且务使同时哭闹，以壮声势。最好能开一个临时的幼稚园”；“七时半开戏，须于九时半入场，入场时且应携煤气灯一个，以免暗中摸索”。（《话剧观众须知二十则》）

再看两则连珠妙语。说“妻管严”：“我看见不止一次了，太太想尽力去争女权，把丈夫管得笔管一般直顺。哪知道这笔管一旦弯起来，才弯得奇怪。”（《闲话》）说济南石路不平：“假如你是个地质学家，你不难想到：这些石是否古代地层变动之时，整批地由地下翻上来，直至今日，始终原封没动；不然，怎能那样不平

呢？”（《一些印象》）

他的幽默代表作是小品系列《多鼠斋杂谈》，一共12篇，1944年连载于《新民报晚刊》，今取4篇附后供大家欣赏。单说“多鼠斋”这仨字，就是个大幽默，古往今来称“斋”的，哪位不选雅辞，梁实秋的“雅舍”其实又透风又漏雨，他还是称“雅舍”。

嗯，《戒酒》一篇里有句话我还是拿出来说说。他说喝酒：“人或者只在‘喝了’之后，才会把专为敷衍人用的一套生活八股抛开，而敢露一点锋芒或‘谬论’——这就减少了我脸上的俗气，看着红扑扑的，人有点样子！”这是说喝酒，也是说人生，世态炎凉都隐含其中。这是幽默，但有深意，让你跟着笑，接着又思索。老舍专谈幽默的文章很多，这种言说最体现他的幽默的用意。代表他的幽默理念的一句话是——“只知道一半恨一半笑地去看世界”。老舍的幽默如芥末一般“冲”，却也不缺乏“腌制”。老舍还有经验之谈——“想得深，说得俏”，他的幽默既俏又深。

老舍没有一本“杂文集”。在《老舍全集》中，他的小品都被归入散文。后人给他编这类文字的集子，都冠以《老舍幽默诗文集》或《老舍幽默文集》。但老舍其实也是位杂文家，只是没人这样讲，我这样讲，是根据老舍的“自供”：“除了已经绝版的一本幽默诗文集，我没有汇印我的杂文。我的杂文，而且永远不拟汇印，我喜欢多多练习，而不愿敝帚千金的把凡是自己写的都硬看成佳作。”（1944年友人聚会上的一次谈话）照今日的杂文观说，或许老舍的杂文多取小品文面貌，但其中幽默元素的含量实在为很多现代、当代杂文所不及。各位恐未注意到，老舍竟然在1934年为自己出了一本《老舍幽默诗文集》（即他说的“已经绝版”的那一本，上海时代图书公司出版，后来其女舒济屡次扩编的集子都沿用了这书题），我不晓得冠名“幽默”的文集在当时还有没有第二本。有意思的是，这本文集跟倡导幽默的林语堂有关，如老舍在序中所说：“这本小书的印成，多蒙陶亢德与林语堂两先生的帮忙，在此声谢；礼多人不怪。”

现在我拿出老舍的东西给大家看，是觉得对我们有启发意义。

杂文离不开幽默，老舍那里便有大量的“幽默元素”可以提取。他的幽默，一有生活基础，二有深刻洞察，三以“白话”为精良武器。这三条，我们都缺。当今的杂文缺少幽默不说，植根于生活的体验也嫌太少，大半是把传媒上的东西炒一炒，烩一烩，渐渐地都用一个腔调说话，那就是“新闻语言”。独立的观察和体验少了，再不注意生活化语言的修炼，至少，老舍式的幽默就谈不上了。说到语言，我推荐老舍的一句话——“把白话的真正香味烧出来”。这话，道出了他对白话风格的情有独钟，也表明他在语言锤炼上的认真态度。他的幽默实在都化在他的“香味”太足的语言中。

当然这些话与其对别人说，不如对自己说。在下的贫弱恰恰在这些方面。所以介绍老舍，不过是要与同人共勉。

(2015—4)

附：多鼠斋杂谈

老　舍

戒酒

并没有好大的量，我可是喜欢喝两杯儿。因吃酒，我交下许多朋友——这是酒的最可爱处。大概在有些酒意之际，说话做事都要比平时豪爽真诚一些，于是就容易心心相印，成为莫逆。人或者只在“喝了”之后，才会把专为敷衍人用的一套生活八股抛开，而敢露一点锋芒或“谬论”——这就减少了我脸上的俗气，看着红扑扑的，人有点样子！

自从在社会上作事至今的廿五六年中，虽不记得一共醉过多少次，不过，随便的一想，便颇可想起“不少”次丢脸的事来。所谓丢脸者，或者正是给脸上增光的事，所以我并不后悔。酒的坏处并不在撒酒疯，得罪了正人君子——在酒后还无此胆量，未免就太可怜了！酒的真正的坏处是它伤害脑子。

“李白斗酒诗百篇”是一位诗人赠另一位诗人的夸大的谀赞。据我的经验，酒使脑子麻木、迟钝，并不能增加思想产物的产量。即使有人非喝醉不能作诗，那也是例外，而非正常。在我患贫血病的时候，每喝一次酒，病便加重一些；未喝的时候若患头“昏”，喝过之后便改为“晕”了，那妨碍我写作！

对肠胃病更是死敌。去年，因医治肠胃病，医生严嘱我戒酒。从去岁十月到如今，我滴酒未入口。不喝酒，我觉得自己像哑吧了：不会嚷叫，不会狂笑，不会说话！啊，甚至于不会活着了！可是，不喝也有好处，肠胃舒服，脑袋昏而不晕，我便能天天写一二千字！虽然不能一口气吐出百篇诗来，可是细水长流的写小说倒也保险；还是暂且不破戒吧！

戒烟

戒酒是奉了医生之命，戒烟是奉了法币的命令。什么？劣如“长刀”也卖百元一包？老子只好咬咬牙，不吸了！

从廿二岁起吸烟，至今已有一世纪的四分之一。这廿五年养成的习惯，一旦戒除可真不容易。

吸烟有害并不是戒烟的理由。而且，有一切理由，不戒烟是不成。戒烟凭一点“火儿”。那天，我只剩了一支“华丽”。一打听，它又长了十块！三天了，它每天长十块！我把这一支吸完，把烟灰碟擦干净，把洋火放在抽屉里。我“火儿”啦，戒烟！

没有烟，我写不出文章来。廿多年的习惯如此。这几天，我硬撑！我的舌头是木的，嘴里冒着各种滋味的水，嗓门子发痒，太阳穴微微的抽着疼！——顶要命的是脑子里空了一块！不过我比烟要更厉害些：尽管你小子给我以各样的毒刑，老子要挺一挺给你看看！

毒刑夹攻之后，它派来会花言巧语的小鬼来劝导：“算了吧，也总算是个作家了，何必自苦太甚！况且天气是这么热；要戒，等天秋凉，总比较的要好受一点呀！”

“去吧！魔鬼！咱老子的一百元就是不再买又霉、又臭、又硬、又伤天害理的纸烟！”

今天已是第六天了，我还撑着呢！长篇小说没法子继续写下去；谁管它！除非有人来说：“我每天送你一包‘骆驼’，或廿支‘华福’，一直到抗战胜利为止！”我想我大概不会向“人头狗”和“长刀”什么的投降的！

最可怕的人

我最怕两种人：第一种是这样的——凡是他所不会的，别人若会，便是罪过。比如说：他自己写不出幽默的文字来，所以他把幽默文学叫作文艺的脓汁，而一切有幽默感的文人都该加以破坏抗战的罪过。他不下一番功夫去考查考查他所攻击的东西到底是什么，而只因为他自己不会，便以为那东西该死。这是最要不得的态度，我怕有这种态度的人，因为他只会破坏，对人对己都全无好处。假若他作公务员，他便只有忌妒，而一天到晚浪费笔墨，攻击别人，且自鸣得意，说自己颇会批评——其实是扯淡！这种人乱骂别人，而自己永不求进步；他污秽了批评，且使自己的心里堆满了尘垢。

第二种是无聊的人。他的心比一个小酒盅还浅，而面皮比墙还厚。他无所知，而自信无所不知。他没有不会干的事，而一切都莫名其妙。他的谈话只是运动运动唇齿舌喉，说不说与听不听都没有多大关系。他还在你正在工作的时候来“拜访”。看你正忙着，他赶快就说，不耽误你的功夫。可是，说罢便安然坐下了——两个钟头以后，他还在那儿坐着呢！他必须谈天气，谈空袭，谈物价，而且随时给你教训："有警报还是躲一躲好！"或是"到八月节物价还要涨！"他的这些话无可反驳，所以他会百说不厌，视为真理。我真怕这种人，他耽误了我的时间，而自杀了他的生命！

行

朋友们屡屡函约进城，始终不敢动。"行"在今日，不是什么好玩的事。看吧，从北碚到重庆第一就得出"挨挤费"一千四百四十元。所谓挨挤费者就是你须到车站去"等"，等多少时间？没人能告诉你。幸而把车等来，你还得去挤着买票，假若你挤不上去，那是你自己的无能，只好再等。幸而票也挤到手，你就该到车上去挨挤。这一挤可厉害！你第一要证明了你的确是脊椎动物，无论如何你都能挺挺的立着。第二，你须证明在进化论中，你确是猴子变的，所以现在你才嘴手脚并用，全身紧张而灵活，以免被挤成像四喜丸子似的一堆肉。第三，你须有"保护皮"，足以使你全身不怕伞柄、胳膊肘、脚尖、车窗，等等的戳、碰、刺、钩；否则你会遍体鳞伤。第四，你须有不中暑发痧的把握，要有不怕把鼻子伸在有狐臭的腋下而不能动的本事……你须备有的条件太多了，都是因为你喜欢交那一千四百多元的挨挤费！

我头昏，一挤就有变成爬虫的可能，所以，我不敢动。

再说，在重庆住一星期，至少花五六千元；同时，还得耽误一星期的写作；两面一算，使我胆寒！

以前，我一个人在流亡，一人吃饱便天下太平，所以东跑西跑，一点也不怕赔钱。现在，家小在身边，一张嘴便是五六个嘴一齐来，于是嘴与胆子乃适成反比，嘴越多，胆子越小！

重庆的人们哪，设法派小汽车来接呀，否则我是不会去看你们的。你们还得每天给我们一千元零花。烟、酒都无须供给，我已戒了。啊，笑话是笑话，说真的，我是多么想念你们，多么渴望见面畅谈呀！

(2015—4)

钩沉

东风第一枝

——见证首个杂文学会成立

柳　萌

如同杂文这个文体本身一样，杂文学会再怎么艰难坎坷，只要有喜欢杂文的读者在，杂文和杂文学会就会蓬渤发展

杂文这种文体，历来比较受读者喜欢，原因是它贴近生活，而且在适度的范围内，可以替百姓说点真话。从20世纪二三十年代起，鲁迅先生生活的时代，杂文就在报刊占有重要一席，这种传统一直延续至今。只是这种文体很容易惹祸，如今有的报刊为求平安，就不再或者很少发表杂文。值得庆幸的是，像《人民日报》《今晚报》《群言》《民主》《同舟共进》等报刊，长期以来一直坚守杂文阵地，而且始终不改传统版式，加花边用楷体字并放在显

著位置。有的比较有眼光的出版社，如辽宁人民出版社等，还坚持从报刊发表的杂文中，每年选编些优秀作品出书，据说市场销售情况蛮不错。

我进入报刊界以后，作为文学副刊编辑，总有许多年编杂文，认识不少优秀杂文家，有的还成了很好的朋友。尤其是在《新观察》任职期间，由于这本杂志比较重视杂文，每期都有两三个页码发表杂文，组稿、抢稿、争夺作者很辛苦，为了让自己多少省点力气，就主动跟作者多联系、交朋友，一来二去彼此有了信任，稿件也就不会有什么问题。记得有好几位杂文家，别的报刊约稿被拒绝，我去如同从自家抽屉取物，有的同行就抱怨说："怎么他来你就给？"这些作家非常幽默地说："唉，那可不一样，你懂得交情吗，这就叫交情。"说起有交情的杂文家，就不能不提到严秀、廖沫沙、孙犁、宋振庭、邵燕祥、蓝翎、舒展、于浩成、冯英子、林放、刘征、牧惠等，以及著名漫画家丁聪、方成、华君武、王乐天、江帆等，对我们《新观察》杂文版的关心和支持，后来我把他们的杂文、漫画作品，选编成《新观察杂文选》出版。这本杂文选即使不是唯一的报刊杂文选集，至少也是出版比较早的一本报刊杂文选集。

正是因为有这样的交情和信任，中国作家协会第四次会员代表大会召开期间，严秀、邵燕祥、蓝翎、牧惠等几位著名杂文家，特意找到我，希望我组织与会的杂文作家，大家凑到一起发个倡议书，要求在文学界给杂文一定的地位。他们彼此有的并不认识，却都是我们《新观察》的作者，就由我出面按代表名单，把各地的杂文家约到一起，共同商讨有关杂文创作方面的事。就是在这次的碰头会上，有的杂文作家提出来，搞个全国性的杂文组织，附属在中国作家协会之下。后来经过大会认真研究，组织全国性杂文组织有"难度"，这件事情也就搁置下来了。所以中国作家协会隶属的学会，散文、诗歌、小说、报告文学、散文诗、古典诗词都有学会，连传记、纪实、寓言都有全国组织，唯独杂文没有中国杂文学会。当时大会研究后说的"难度"，依我看还是杂文的特殊性，领导者担心容易"惹祸""招事"，想做个"太平官"，不然，别的门类怎么就没有"难度"呢？

成立全国性杂文组织的想法，在第四次作家代表大会流产，几位著名杂文家好像也就死了心，会后大家只是自己写自己的杂文，从此再无人提起这件事情。未想到较年轻的杂文家，却没有就此死心和罢休，在有官职身份的杂文家的支持下，他们竟然做成了这件事情。记得1985年秋季的一天，《求是》杂志社的孙士杰，《解放军报》社的李庚辰，分别打电话给我，请我到胡昭衡家，说是一起商量点事情。

胡昭衡是一位官员，我因"右派"问题被发配内蒙古时，他任中共内蒙古自治区党委副书记，后来调到我的家乡天津市当市长，现在是国家医药管理局局长，可以说始终是我的父母官，只是我这平民百姓无缘接近。这次要去他家商量事情，我猜想十有八九是关于杂文的，因为胡昭衡以"李欣"笔名写的杂文，以前我陆陆续续地读了不少，特别是他写的《老生常谈》，在"文革"当中，在内蒙古和天津两地，同时在报刊上被批判讨伐，远比他的官员事绩还要出名。至于孙士杰、李庚辰二位，既是杂文编辑又是杂文作家，由他们二位来张罗的事情，就更容易让我联想到杂文。

胡昭衡家住木樨地，一栋外界通称的部长楼。胡昭衡在内蒙古当官时，我是作为"右派"发配去的，当然不可能近距离交往，如今我作为报刊杂文编辑，跟他这位杂文作家接触，当然在感觉上也就不一样。我发现他是个很平易的人，说话慢条斯理毫无官腔，如果完全不知道他的底细，眼前这位老人就是个作家，我们可以像跟别的老作家一样，随便说些大家感兴趣的事。到了他家里我才知道，来的人除了孙士杰、李庚辰二位，还有《人民日报》杂文编辑刘甲，就是说北京主要杂文阵地——两报（《人民日报》《解放军报》）两刊（《求是》《新观察》）的编辑，今天都聚集到老杂文作家胡昭衡家。为什么要到他家商量事情呢？按我的主观猜想，除了杂文的因素，恐怕还有彼此关系，比如胡老和李庚辰是河南同乡，比如胡老和孙士杰在内蒙古党委是上下级，自然就可以少些拘谨和礼数，聊天儿议事也就比较随便。

就是在这次的五人商谈中，有了成立杂文学会的意向。当我把作家协会开会期间，几位杂文家倡导成立学会受阻的事，原原本本地告诉他们之后，考虑到杂文学会不便挂“中国”二字，有人就提出搞个北京市杂文学会。可是带“北京”二字就得找北京市领导，此时掌管北京市文化教育和意识形态的官员，恰好是中共北京市委副书记徐惟诚，大家知道徐惟诚本人也是一位杂文家，经常用余心言笔名发表杂文，这样沟通起来估计会更容易些。只是由谁去找他，这是个关键问题。我在《工人日报》和《新观察》当杂文编辑时，徐惟诚都是我的重点作者，应该说还是比较熟悉的，相信其他三位跟我一样，同样也跟徐惟诚有来往，只是谈成立杂文学会的事情，由我们找他总是不太合适，于是大家希望胡昭衡亲自出马。徐惟诚是官员兼杂文家，胡昭衡也是官员兼杂文家，他们二位说起话来会方便些，由他们二位一起联手倡导，在北京市成立个杂文学会，相比之下成功希望就更大得多，组织过程中的问题也容易解决。这是第一次商量定下的事情。后来起码还有一两次，大家研究具体事宜，地点还是在胡昭衡家里。

经过两三次酝酿和短暂联系，原来只是意向中的杂文学会，在胡昭衡和徐惟诚二位杂文家商谈后，最后总算成为指日可待的现实。徐惟诚手下有两名干部，一位叫李世凯，一位叫康式昭，他们二位是北大同窗好友，此时都任中共北京市委宣传部处长，两个人经常一起写杂文，徐惟诚把此事交给他们办，可以说是万无一失马到成功。经过李、康二位跟各方磨合，学会成立条件终于具备，便在1985年11月底正式成立，名字就叫“北京市杂文学会”。成立大会在北京日报社礼堂举行。大家按事先议定的候选人名单，选举胡昭衡为杂文学会会长，徐惟诚等人为副会长。这大概是杂文有史以来，中国的第一个杂文组织。

在北京市杂文学会的带动和影响下，其后，河北省很快也成立杂文学会，会长是不是时任省委书记的杂文家高扬，我已经想不起来也无资料可查，但是有一点我们可以完全肯定，如果没有高扬的鼎力支持，来势不会比北京更猛更活跃，他们几乎是跟杂文学会成立同时，就创办了《杂文报》和《杂文界》杂志，而且很快就派人晋京组织稿件。北京市杂文学会因为没有自己的阵地，便借助河北省杂文学会的报刊，开展一些跟杂文有关的活动。继北京、河北成立杂文学会之后，全国各地如湖北、湖南、辽宁等地，由当地报纸杂文编辑牵头，很快也都成立了杂文学会。北京市杂文学会的成立，起到了播种和催生的作用，是当之无愧的老大哥。现在连一些中等城市，都有自己的杂文学会，最初倡导者胡昭衡等人，可以说是杂文学会先行者，如果书写中国杂文历史，相信一定会写上这一笔。

但像严秀、邵燕祥、蓝翎、牧惠、舒展等，一大批比较有影响的杂文大家，由于某些原因，很少跟北京杂文学会有什么来往。这不能不说是杂文学会的遗憾。

担任两届13年会长的胡昭衡，如今已经离开人世，但是他对杂文和杂文学会的贡献，我想这是任何知情人都无法否认的。如今北京市杂文学会已有会员二三百人。由于无法成立全国性杂文学会，在胡昭衡担任北京市杂文学会会长时，他主动联系的同样是官员兼杂文家的高扬（时任中共河北省委书记）、罗竹风（时任上海市社会科学院院长），共同发起成立省市间杂文联谊会，每年组织一次杂文学会的活动，进行杂文写作、出版等方面的探讨。尽管经费的筹措比较困难，联谊会只能在开完一次会后，再想办法寻找下次开会的东家，但是由于有一批热心杂文的人，在大家共同努力和协助下，自1985年成立以来的19年间，杂文联谊会活动始终没有间断。

2005年9月在兰州召开的杂文联谊会，恰好是第20届全国杂文联谊会。这就标志北京市杂文学会已走过20年，其他成立较早的省市杂文学会，同样有了整整20年的会龄。如同杂文这个文体本身一样，杂文学会再怎么艰难坎坷，只要有喜欢杂文的读者在，杂文和杂文学会就会蓬渤发展。作为过去的报刊杂文编辑，作为最早见证杂文学会成立的人，看到今天杂文写作如此繁荣，我从心底感到无比的高兴，同时也为胡昭衡的远见和勇气，感到由衷的敬佩和感动。如果没有他首先的倡导和组织，哪里会有全国各地杂文学会？假如有一天谁来编写杂文史，或者有谁在大学讲授杂文课，我愿意用这篇小文章提供线索。记住：在繁荣杂文创作和杂文学会成立上，官员兼杂文家的胡昭衡（李欣），是一位起到关键作用的领军人物。

（2012·特刊）

昨夜群星

——漫读本会前辈领导

笨小编

若非读了《北京杂文》创刊号《钩沉》栏所列“本会前辈领导”名单，我还不知，咱学会有如此不凡的前辈领导——其中不少人，堪称中国文化艺术天空灿烂的巨星，熠熠闪光。这是咱们学会的财富，也是咱们的光荣和骄傲——我想全国各地任何一个杂文学会，都不曾有如此荣耀。

第一届第二届名誉会长夏衍，人称夏公，20世纪元年出生，与周扬、田汉、阳翰笙一并，被鲁迅戏呼为“四条汉子”——这也标明，他跻身了新文化运动先驱者行列。夏氏是著名电影和戏剧作家、报告文学作家、文艺评论家、翻译家——我就不提他曾任中国文联副主席和文化部副部长这些显赫职务了。小时即读中国报告文学的开山之作《包身工》，这是夏老名著。他当然也是一位卓越杂文作家。其杂文给我印象最深的，是《种子的力量》（后改题为《野草》）。种子魅力何在？“为着向往阳光，为着达成它的生之意志，不管上面的石块如何重，石块与石块之间如何狭，它必定要曲曲折折地，但是顽强不屈地透到地面上来，它的根往土壤钻，它的芽往地面挺，这是一种不可抗的力，阻止它的石块，结果也被它掀翻！”作者热烈歌颂种子、野草和生命力，表达了对黑暗现实重压的蔑视，和对民众力量的信赖。

廖沫沙，晚夏衍7岁，与夏并列两届名誉会长，虽官至北京市政协副主席，仍是正儿八经的杂文作家，笔名繁星。“文革”前，与夏衍、孟超于《人民日报》开辟杂文专栏《长短录》，光耀一时，后遭批判。又因在北京党刊《前线》参与写作《三家村札记》，而沦为著名的“三家村”成员。“文革”谚语云：“邓拓吴晗廖沫沙，一根毒藤仨毒瓜。”他在狱中听说另二“毒瓜”邓拓吴晗含冤去世，悲愤交加，暗写悼文，仍不屈服。其狱中诗文，获释后结集出版，名曰《余烬集》。

两届顾问王子野，1916年生，出版家，学者型官员。我青年时代，常读其大作。给我留下不可磨灭印象的，是他的《同编辑谈读书》，其中说：“哲学编辑不妨考一下自己，究竟懂多少哲学。假如只知道物质第一性，唯物论比唯心论好，不知道古今中外的哲学派别、源流，那末农民也可以做哲学编辑了。搞经典著作的编辑，假如猝然问他马克思什么时候诞生，哪里人，家庭情况怎样，哪年流寓英伦，哪年搞《新莱茵报》……我看也未必能随口答出。光知道马克思是马克思主义的创始人，哪能算是马克思主义经典著作的编辑呢？正因为我们的理论、政策水平不高，现在出的书几乎天天出错，天天在写新的《笑林广记》，制造笑话。要克服这种现象，除了学习以外，别无他法。”今之编辑，天天写着时髦的《笑林》，跟王子野时代编辑比，又差之远矣。

顾问王蒙，1934年生，少年才子，文坛班头，经历崎岖，聪明绝顶，做完右派，又做文化部长，大家太熟悉，不多说了。未曾想到，他曾屈居咱们学会的顾问。他最令人震惊的名言，一是：“世人都成了王朔不好，但都成了鲁迅也不好——那会引发地震！”二是：“文坛上有一个鲁迅那是非常伟大的事。如果有五十个鲁迅呢？我的天！”这个话，在文坛引发了一点儿悸动——当然尚未“地震”。王蒙引胡乔木说他的一段话，也趣味盎然：“我怎么可能打倒王蒙呢？我如果去打倒王蒙，那就像苏联的赫鲁晓夫去打倒斯大林，斯大林倒了，也把自己压倒了……”

顾问孔罗荪，1912年生，曾任中国作协机关报《文艺报》主编，作协书记处常务书记。著名编辑大家、杂文家，其《野火集》《小雨点》《决裂集》《喜剧世界》等杂文集，“文革”前甚为畅销。

顾问李锐，仍健在，即将百岁啦！才子官员，文笔漂亮，为毛泽东大秘之一。他著书还原“庐山会议”真相，以“敢言”著称。

顾问李何林，1904年生，著名教授，鲁迅研究的奠基者，组织编撰《鲁迅大词典》，古稀之年出任鲁博馆长。其名言是：“除了想想个人的生活外，要多为人民着想，多为国家着想，多为人民和国家做些事情，决不做鲁迅先生批评的那种像白蚁一样：一路吃过去，留下的只是一溜粪的人。”

顾问顾执中，1898年生，现代著名报人、杂文家，1928年于上海创办“民治新闻学院”，为报界一代宗师。是他冒生命危险，自北京前门车站现场，以付现款的私人电报，第一时间将张作霖“易帜”消息，以隐语“弟拟于本日晚偕小妾离京，所有家务由郭务远先生代为管理”，发往上海《新闻报》，从而轰动国中，被誉为“战斗记者”。

两届顾问林默涵，1913年生，正牌红色文艺领导者——曾任中宣部副部长、中国文联副主席。一位文艺理论家，又是参与胡风事件全过程领导人之一，对于胡风被打成“反革命”，他的回答是“谁也没料到”。他还说：“我做错了什么事，或者说错了什么话，我一定承认，并努力改正。”这话可取，至于他怎么“改正”

的，人们没看到下文。

两届顾问、两届名誉会长高扬，1909年生，曾任河北省委第一书记、河北省军区第一政委、中央党校校长。又是热心的杂文家，创办了《杂文报》。执掌最高党校、任军界要职而兼写杂文，高为第一人。他对杂文创作的繁荣，贡献颇丰；对北京市杂文学会的指导、关怀，呕心沥血。

顾问唐弢，1913年生，中国现代文学研究的开拓者，鲁迅研究权威，真正的杂文大家。我对唐先生印象最深的，是他的"学习鲁迅观"——他认为，学习鲁迅杂文，应该"精神一致，花式多样，不能斤斤于形骸的相似"，"如果千篇一律，并无不同，我写的就是鲁迅写的，那么，天地间又何贵乎有我这个人，何贵乎有我的这些文章呢"？此论堪称最得鲁迅精神和文章之真髓。但他在《申报》副刊《自由谈》上的辛辣杂文，有人疑为鲁迅所写。鲁迅曾跟他开玩笑说："唐先生作文，我挨骂。"

顾问曾彦修，1919年生，老革命，仍健在，以谐音取笔名严秀，杂文大家。本人约过严秀老尊稿。他对我说："我的文章，一个标点都别改啊！"我认同——小人物如我，也怕编辑胡乱擅改自己的稿子呢——当然，将"错"改"正"，不在此例。

顾问舒芜，1922年生，老字辈里的少壮者。争议人物，"胡风反革命集团"的著名"叛徒"——就是把胡风写给自己的私信上交的那个"犹大"。这信到了林默涵那儿，再让毛泽东看见，事儿闹大啦！当然，这些都翻篇了。我欣赏他的杂文，其中女性观颇为先进。"二十文章惊天下，一片婆心哀妇人"，是朱正对他的"正评"。不过，他把跟几个女子相好的白居易说成"老流氓"，也太激愤了——白夫子既不是现代人，更比当代"雷政富"之流高洁吧。

顾问萨空了，1907年生。名字有点儿"怪"？其人为蒙古族，所以不怪。报人，民盟中央副主席，国家民委副主任。解放前协助胡愈之创办《光明日报》，后独创《民族团结》《民族画报》《人民政协报》等多份报刊。我对他在报纸副刊上设置《血与汗》《苦人模范》《街头科学》《新知识》等专栏最为推崇，其中《血与汗》《苦人模范》，光栏目名就叫人赞佩。

第一第二届会长、第三届名誉会长胡昭衡，1915年生，笔名李欣，高干杂文家。其杂文集有“三老”：《老干新枝》，扶持后生；《老生常谈》，实为新语；《老声新弹》，时髦摩登。想当年，北京市委书记邓拓在京城讲“燕山夜话”，隐晦曲折；天津市长胡昭衡在津门“老生常谈”，明明白白。而胡老的结局，比邓拓好多了。

第一届副会长、第三第四届会长、第五届名誉会长徐惟诚，1930年生，新型高干杂文家，著述颇丰。余心言，“徐惟诚”的“偏旁”，名播四方。他关注小学生词典问题的一篇杂文，给我留下较深印象。

第一届副会长谢云、于浩成、林文山即牧惠，第二届副会长刘征、杨子才，第三届顾问范敬宜等等，均为杂坛、报界重镇级大腕儿，大家耳熟能详，不多介绍啦。

读这样一份名单，我在与有荣焉的同时，也颇为感慨——一是，我没有读到我钦佩的杂文家邵燕祥的名字。二是，如今可有当年那么多政界、军界、报界和文学艺术界重量级人物关注、关心、爱护、扶持并参与杂文事业吗？

(2013—2)

我与《北京日报·北京杂文》专刊的情缘

杨　子

今年10月1日，是《北京日报》创刊60周年纪念日，也是我到北京日报社工作的第20个年头。20年，弹指一挥间。而让我最难以忘怀的正是办《北京杂文》专刊的20年。

20年前，我从草原钢城包头日报副刊部，到《北京日报》理论部接任了编辑《北京杂文》专刊的工作。谁想，一干就是20年。这期间，虽说又调换了评论部和副刊部两个部门，但杂文版就像恋人般地苦苦追随着我。我也曾苦恼过，犹豫彷徨过，也曾想放弃过。记得有一年，报社实行竞聘上岗，我竞聘了一个文学版面，结果却因为找不到愿意编杂文的编辑而最终放弃。从最初的文学爱好者，到办杂文版这个“枯燥”而又“费力不讨好”的工作，我也经历过一番思想斗争。

记得那时，我住在长安街附近。清晨，横穿潮水般的自行车流，走过长安街去报社上班的我，在马路当中的安全岛伫立等待信号时，往往会奇怪地想起内蒙古草原上从身边漫流而过的羊群。傍晚，华灯初上的长安街璀灿辉煌。漫步街头欣赏京华夜景的我，有时会蓦地想起一次诗友聚会时我在白云鄂博高原夜空上看到的稠密晶莹的星星。一种思念家乡，思念慈祥的父母之情油然而生。离开乡土，离开草原，我知道再也不可能继续我作品里那种濡染着花香草色的笔墨，也不能保持作品里那种浪漫而又略带忧郁的诗兴了。我不无遗憾地觉得：文学的梦，似乎像草原上的云一样，渐飘渐远了。但我知道，对于像我这样从小在父母师长教育下，习惯于把热爱本职工作视为自己朴素的生活信条的人来说，文学的追求，永远是附丽于我的日常工作和生活的。我热爱北京，珍惜新的生活，新的机遇，很快就投身到紧张忙碌的工作中去了。

我愉快地开始了《北京杂文》专刊的编辑工作，把主要精力转移到杂文领域。我一面约稿、编稿，一面认真阅读有关杂文书籍，积极参加杂文界一些会议活动，还就杂文创作问题采访了冰心、夏衍、臧克家等尊敬的文学前辈。慢慢地，原先在我看来严肃但不免有点儿枯燥的杂文似乎变得生动起来、亲切起来。我对编辑工作中的困难、小挫也就不再感到苦恼了。我尽心尽力地工作，勤勉认真地学习，不再为不能专心致志创作"纯文学"作品感到缺憾了。

记得刚参加新闻工作不久，有位资深老编辑曾对我讲"敬业，三百六十行，不管你干哪一行，总有你具体从事的那个'业'。因此，敬业，应该就是尊重你从事的那个'业'，换言之，即尊重你自己从事的劳动。"

我从所接触到的北京杂文界的良师益友中，得到了教育和启发。一直关心我，从工作到生活给了我许多帮助的胡昭衡同志，为人为文，都像沉雄的大山，厚重稳实，峰高可揽风云，谷深可蓄草木，泉旺可发新声，可谓深孚众望；而惜墨如金，立论警策的高扬同志，则颇似峻拔惊挺的峭岩，举止谈吐，醇正高洁，为人称道，众口一辞。我担任责编的《高扬杂文散文集》薄薄一册，里面的思想分量却很重，反复教读，受益无穷。温蔼儒雅的诗人刘征同志，既有从政经历，又长期出入文史，含英咀华，浸润熏陶，养成深厚学力，以赤子之心，爱我中华，以冰雪之操激浊扬清，以五彩之笔发而为文，这使得他的杂文有诗的品格和情绪，有人评为“杂文诗”，深合我心。他对我工作的鼎力支持，是我难忘的。我珍视他寄给《北京杂文》专刊的每一篇佳作。

最令我难忘的是采访夏衍、冰心、臧克家等文学前辈的情景。记得1993年春节前夕，我和北京市杂文学会会长胡昭衡一起拜访了已93岁高龄的夏衍。夏衍曾担任北京市杂文学会名誉会长、顾问，他一向关注和支持北京市杂文学会和《北京杂文》专刊的工作。夏衍的女儿沈宁热情地把我们迎进门。我递上两期《北京杂文》专刊给夏老，夏老饶有兴味地看着，关切地问胡老：“现在写杂文的同志好像少啦？杂文创作还是要发展要繁荣啊。”两位老前辈就当前杂文创作状况和市杂文学会的工作进行了亲切的交谈。夏老说，现在搞改革开放，搞社会主义市场经济，但我不赞成把杂文当成商品，胡老对此表示赞同。临走前，我请夏老为《北京杂文》版写几个字，夏老欣然答应了，他写下了“杂文为改革开放服务”几个苍劲有力的字，并同我们合影留念。夏衍同志思维敏捷，热情爽朗，平易近人。他对杂文事业的关心和支持给我留下深刻印象。

采访冰心是1993年3月15日的下午，那天阳光灿烂，正是“两会”在京开幕的日子，我怀着激动喜悦的心情，拜访了仰慕已久的著名作家冰心老人。

93岁的冰心老人坐在书桌旁，看上去宁静而安详。她的眸子清亮有神，思路清晰，谈兴很浓。她亲切地让我坐在她的对面，像拉家常一样和我交谈起来。我请冰心老人为《北京杂文》版题辞，她欣然写下了“杂文大有前途”六个字。浓黑的墨色略略洇纸，反而使一向秀挺清逸的冰心字体平添了几分苍劲。这六个字寄托了冰心老人对杂文界的殷切期望。

采访臧克家，请他为杂文版题辞是提前约好的。1994年春节前，我去拜访臧老，他夫人郑曼同志热情地接待了我。我一进门，臧老就笑呵呵地说，昨天听说要谈杂文创作，我就已琢磨开了。说着他递给我一个写好的小斗方，映入眼帘的是韶秀劲爽的八个字“骨硬笔尖，文短旨远”。他一字一句解释说：“骨硬，指的是杂文的思想要过得硬，要有高度的思想性，绝不向腐朽的恶势力妥协，要有独立不迁的主心骨。笔尖，指的是杂文的语言要尖锐泼辣，要能刺中事物的要害，要有逼人的锋芒。文短，这是就杂文这一文体而言的，杂文最讲究篇幅短小，精练有力。旨远，是指杂文的旨趣要高远，表达上要蕴藉有味。”臧老的题辞，言简意赅，准确地揭示了杂文的特性，发人深思。在他们精神的感召下，杂文界涌现出一批优秀的中青年杂文家，推动了杂文事业发展。

误入杂文界的结果，使我对文学与人生的看法发生了很大的变化。凡是优秀的杂文家，他们共同的一个特点，是对祖国、对人民充满热爱的感情，对现实生活永怀着操切之心，这和一切优秀的文学家是相通的。而在中国的散文史上，杂文从来是文学体裁中最富于战斗性的，也最具辞采的一种。能为杂文的发展和繁荣尽一点微薄之力，这是我引以为荣的。作为主编20年杂文专刊的我，虽为此付出很大心血，放弃了许多更适合自己发展的机会和利益，但我觉得无怨无悔。因为这么多年来，杂文界有一批支持关爱和理解我的朋友，对我始终不离不弃，我为此而心存感激和欣慰，办刊中总感到有种精神愉悦和力量。

在《北京日报》60华诞之际，我也从内心感激北京日报社接纳了我，给了我一个锻炼和成长的机会。我也非常感谢曾经支持帮助过我的报社领导：刘虎山、邵毓奎、刘宗明和黄华昌等同事、朋友们，我从内心发出自己的声音：“谢谢您，《北京日报》！《北京日报》——真好！”

（2013—1）

语言之神

刘　齐

我的写作生涯是从工厂开始的。那时多么年轻，多么听话，领导让写什么写什么。批判稿写了不少，歌颂稿写得更多，歌颂领袖，歌颂工人，大干苦干，向各种节日献礼。语言贫乏，又不甘贫乏，就乱用词，写过“党的生日彩礼献”的顺口溜，明晃晃地登在厂报上。幸而无人追究：党过生日，又不是结婚，收哪门子的“彩礼”？

我这是不懂装懂。如果懂，即使发高烧也不敢这么说。担忧，内在的恐惧，让我对文字充满敬畏，一少半敬，一多半畏。写稿子，写信，写日记，就算写个便条，内心都绷紧，提醒自己，这些字句落到任何人手中，都不能挑出毛病。文网森严，社会冷峻，以暴力为语言，以语言为暴力，说翻脸就翻脸，哪个写作人敢不加一百个小心。我编了几年厂报，所遇禁忌甚多。别的不说，单是一个词句排列，就让人拘谨得不行。校对报样时，我特别注意查看"毛主席""毛泽东思想"这些字词，千万别在转行时断开，断开就是"不敬"，属于"政治问题"。如果不凑巧断开了，赶紧在前面删去几个字或标点，串出位置，把断在下一行的字词请上来。偏偏那时这些词的出现率超高，排版时前后分家的几率因此也高，无意中倒把冗字废话、次要语句的删削能力提高不少，算是一种偏得，一种奇特的收获。仿佛高举"肃静""回避"牌子的衙役，既练板脸功夫，又练胳膊肌肉。

避免犯错误的有效途径是随大流，人云亦云。在这方面，空话和套话能帮大忙。这些话何以在中国漫天飞舞，经久不衰？力求安全，安全生产，安全第一，不能不是一个特别重要的原因。与此相伴的，还有惰性、奴性、反智性、疯癫性，还有假话、大话、诽谤话、谄媚话、效忠话等等。这些因素混在一起，横崩乱卷，胡搅蛮缠，日蚀月腐，有加无已，致使汉语言文字空前受虐、变形，变得凶恶、粗鄙、虚伪、浮夸、矫情、僵硬、无趣、粉饰现实、回避苦难，几乎把汉语诞生以来所有的丑陋都集了大成，成了一个庞大而影响深远的话语言说体系。成亿成亿的人用这样的语言想事、说话、生活，其情其状，唉，不说也罢。

我身在其中，一步步走到今天，做过的蠢事，写过的蠢文，多有所在。对此，我深感惭愧，近年曾写过一些反省文字，在媒体发表，作为我的教训，备案。

从上个世纪80年代中后期开始，我陆续写了一些杂文和其他文学类稿子。写作这些文字的过程，是努力从以往那个丑陋的话语言说体系挣脱出来的过程。如果拿一个词概括我的写作过程，这个词可不可以是"挣脱"？

当年写稿子，并不总是随波逐流，盲目应付。身上喜新厌旧的人类天性，年轻人争取上进的动力，尤其是周围复杂多样的生活，驱使我很想丰富语言，写出好文章。我揣一个小本儿，谁说的话新鲜，掏笔就记，有时记得对方直翻白眼，特务啊你是？后来改了，先默记，再追记，记的多是词句，“零部件”，“砖瓦”，主要是工人的“砖瓦”。上级号召学习工农兵，我当过知青，“农”有了一点儿，“兵”参加不了，那就就近，往“工”上使劲，往底层人群的口语上用力。书本的、知识人的、干部的、古典的、外国的，也记，但是不多。这样做的结果，在我日后写作的习惯和局限中，都能看到踪影。

“砖瓦”虽小，仍有个性，需要尊重。但光有砖瓦盖不成楼房，盖成了也容易千楼一面。怎样摆脱被污染、被轻慢、被固化了的语言环境，盖一座“好楼”，写一篇妙文？还得朴实自然，还得清新活泼，与众不同，这一直是难题，困扰我到今天。文章是文章，对象是对象，文章写出来的对象，怎么总感觉不是那个对象？文章美滋滋地、煞有介事地躺在电脑里，对象则自得其乐，没事儿人似的活蹦乱跳。

语言有丑陋体系，也有美好体系。

丑陋体系最嚣张的时候，也灭不掉美好体系。

从丑陋体系挣脱的过程，也是进入美好体系的过程，是个体语言不断重塑、更新、自觉的过程。如果多加一个词概括我的写作，这个词可不可以是“重塑”？

挣脱已经很难，重塑尤其不易，需要做的事更多。

最近编书时发现，我的稿子中，很少使用惊叹号，成文时间越晚，用得越少。到后来，许多文章干脆把惊叹号给“戒”了。当年写豪言壮语，声讨批判，三句一“惊”，五句一“叹”，以为是黄钟大吕，铿锵有力，其实是干打雷，放空炮。此毛病改了很久，“重塑”很久，终于悟出，加重语气和分量，主要靠文字内力。后来一见惊叹号就烦，见媒体有某某长官“强调指出”字样也烦。你咋个“强调”？官大就是“强调”？冲着麦克风喊就是“强调”？秘书给你多写几个惊叹号就是“强调”？矫枉过正，兴许“正”到另一边。鄙视毒星，可能捎上了墨镜和长头发。惊叹号，委屈你了。

“重塑”的过程，也是打破和融合各种语言界限的过程，比如口语和书面语的界限、方言和普通话的界限、白话文和文言文的界限、本土汉语和洋式汉语的界限、汉语和外语譬如英语缩略语的界限、网上用语和网下用语的界限、风格界限、主义界限、题材界限、体裁界限，等等。

中国有一个严厉的说法：“划清界线”，折磨国人多年。本来好好的一个家庭、一对夫妻、一班同学、一群朋友、一村父老，硬是让大家选边站队，分出敌我。社会稍有松动，大量藕断丝连、暗通款曲的事例纷纷冒了出来，控诉和嘲讽先前的残酷和荒唐。“划清”，哪里那么容易？你想“划清”就划得清吗？

人与人之间如此，文与文之间也如此。稿纸无字，屏幕空白，应该怎么顺手怎么写，想跟谁“勾结”就跟谁“勾结”。不管进入哪个“地盘”，都拿自己不当外人，最大限度拓展语言的可能性、适配性。语言和文学是活的，它们的各种界限也是活的。又不是偷越国境，领土谈判，犯不上那么严格。只要文章需要，各种界限该打破就打破，该融合就融合，把原来齐刷刷的“一条线”，给它变虚变模糊，变成红霞和蓝天之间那种亦紫亦橙亦黄亦粉的奇光异彩。如果还嫌不够，干脆就把界限变没了，变得你中有我，我中有她，你我他合为一体，新的一体。

话是这么说，做起来还是有很大差距，许多文章写得别别扭扭，远远达不到满意程度。

有时我爱想，那些古人，那些不理会清规戒律的高人奇人，那些诚恳生活的朴素民众，他们说话写字，该是一种什么样子。文学理论是用来考试填空当绳子捆绑人的？早期规矩稀少时代人们写作是不是更自由？不用深奥术语、典故和引文能不能把话讲清楚？可不可以用散文态度写理论，用小说手段写杂文，用文件腔调写小说，用幽默精神写社评，用段子笔法写新闻，用小人物心情写大事件，用拆散重组的路子译外文，用随笔眼光写不让随便写的东西，用不好分类之法写不好分类之状，用四不像之笔写四不像之态？

打破与融合的过程，也是语言不断自由的过程。这种自由并非孤独的、吝啬的、赤条条的自由。语言从不空手，它总要“随身携带”一些东西。

语言不仅是技巧、形式、工具，语言也是目的，是存在，是人。学习语言，也是学习做人。尊重语言，也是尊重人性。使用语言，也是使用生命。写东西这些年，我常常感到语言的神力，得它恩惠，受它惩罚，被它磨练，让它引领，深一脚浅一脚，明白一阵糊涂一阵，从有限走向无限。

中国有财神、门神、灶神、药神、送子神（观音），却没有语言神。文曲星似乎跟语言贴边儿，但好像比较功利，世故，更贴近学而优则仕之类。现在连赌神、车神都有了，为什么没有语言神？

在我心目中，若有语言神，此神应是把古今无数语言天才化作一身的神，有庄子司马迁的神髓，李杜的韵致，猴哥凤姐的鲜活，民间高手的风骨，新技术新媒体好汉的智慧，苍生百姓的淳朴、善良、健硕、永恒，而且跨国跨洋，有海外关系，身披各大洲生活和语言俊杰的光辉。

这个神讨厌谎话狂言、谀词秽语、道貌岸然、装腔作势，谁“装”收拾谁，说谎的穿帮，拍马屁的挨踢，骂人的脏了自己。

跟这个神不用烧香磕头、开会讨论、“强调指出”，只要像对亲人那样密切，像对大自然那样热爱，这个语言之神就会报以真诚，让你尝到层出不穷的快乐。

这个神不住别的地方，就住在人们的心中。

（2015—1）

享受生活苦辣酸甜，与命运握手言和

蒋　萌

编者按 蒋萌“靠一个字一个字码出自己的路”了。是的，谁写作，都不是一字一行，甚至一字一篇的？但在读到蒋萌说“我不能接受在别人上学与工作的时候，我坐着轮椅‘晒太阳’，每当想到这样的场景，我觉得那会使我看上去像个傻子，是被人指指点点、议论怜悯的对象，我不能允许这样的事发生”之时，编辑不禁泪涌……

我的人生在12岁那年中了“头彩”，患上一种极罕见的脊髓肿瘤。这种病在不到两年的时间里就将我置于四肢瘫痪、呼吸受迫、小命即将“玩完”的境地。当时，北京的大医院我都去过，最权威的神经外科医生判了我“死刑”，他们告诉我的父母：“把孩子带回家，能吃点好的就吃点吧……”我清楚地记得，那些日子，我们一家人是怎么熬过来的，又难以想象居然能够熬过来。

1994年，我做了两次大手术，上肢基本恢复正常，但下肢仍瘫痪。在14岁的年纪，在其他孩子刚进入青春期的时候，我的人生大门似乎已关闭。我无法上学，无法欢笑，无法情窦初开，种种“无法”让我消沉抑郁。我仍然活着，我本该庆幸、感恩，但我又该怎样活着，活着究竟是为了什么？难道只是为了活着而活着？现实不会因为我的不满与疑惑而改变，一个严峻而客观的事实摆在我的面前——人生不是电子游戏，没有办法“重启”再来。无论我如何不情愿，都不得不接受这个残酷现实。

1996年左右，穷极无聊又实在想找点事做的我，开始自学英语和电脑。开车我是不行了，学习英语和电脑，似乎使我找回了一点点信心。我不能接受别人在上学与工作的时候，我坐着轮椅“晒太阳”。每当想到这样的场景，我觉得那会使我看上去像个傻子，是被人指指点点、议论怜悯的对象，我不能允许这样的事发生。我宁可在家躲着，我宁愿整天自学看书，那至少使我觉得我是有事情做的，我不是“混吃等死”的。你可以说这是一种自卑，是一种心理上的不健康。不管你怎么说，或者你说你并不这么想，但我这么想了……

整天在家，我脑瓜都没闲着。我琢磨什么呢？琢磨社会上的事情。您还别笑，认为一个十几岁的小屁孩能琢磨什么社会问题？事实是，我每天都会看报纸（当时还没有网络），尤其喜欢看社会新闻。各种家事、国事、天下事不断映入我的眼帘，我随之也会有自己的感触与回味。加上我的经历，一些感想就更深刻。比如，我曾在13岁看病时被无良的出租车司机“宰”，我打电话投诉却如“石沉大海”；再如看病难、看病贵、医保缺失，给我带来的切身体会；还有，我既感受过有人为我看病捐款的感动，也很早就明白社会上没“关系”很多事就办不成，还要遭白眼……这一切积累于我的脑海，犹如火山岩浆般涌动，寻找着某一出口，等待着“小宇宙”的爆发……

2004年的一天，我偶然接到一个找我父亲的电话。打电话的是上海的一位老报人邵传烈先生。他在东方网负责网络评论，他希望父亲给东方网写稿子。父亲不在家，我这个“秘书”将邵先生的想法记下来，并致电父亲。父亲接电话后有意无意地说了句“你也可以试着写写”。我说：“我行吗？”父亲说：“不就是写文章吗，写不好，还能写坏了吗？我是当编辑的，还可以替你把关嘛。”这些话深深地镌刻于我的脑海，这一时刻深深地影响了我随后的生活。

我的“处女作”——《F1真的需要女主持？》在2004年5月24日第一次登上了东方网东方评论的舞台。自己的东西竟然登出来了，那种难以抑制的激动是无法言表的。就是这一缕曙光，微微地照亮了我阴霾久矣的生活。我隐隐地感觉到，我似乎正在叩响并推开属于我的那一扇人生之门。之后，写评论对我可谓一发而不可收。每周7天，我天天写，有时一天不止写一篇。我会找各种各样的题目写，从熟悉的，到不不熟悉的，有不懂的就查资料，网络这个“图书馆”任你随时查阅与学习。父母担心我累着，劝我休息，我执意不从。这么干，我不认为是出于“勤奋”，而是因为我心里实际仍充满恐慌。我觉得，这难得的“稻草”必须抓住，生怕自己一觉醒来就思维枯竭了，没词了，我又该去做什么呢？似乎，只有不断地写，不断地登稿子，才能让我获得一点安全感，让我刚刚萌发的一点点自我肯定得以加强。最初的两年，高强度的写作确实让我积累了经验，增强了自信，涉及题目很“杂”，也为以后的杂文写作打下了基础。

有人或许觉得，如果我的父亲不是报社的编辑，恐怕我这样的“无名鼠辈”没机会登上媒体的大雅之堂。不可否认，我走上写作之路确实与父亲有关。但我主要是靠一个字一个字码出自己的路的。

最初，我向东方网投稿是以我父亲的名义。在某种程度上，这与学生写论文，署老师的大名“异曲同工”。在这个讲究“名头”的时代，你懂的。我需要的，是发表文章的机会，是先证实自己有这方面的能力。待到编辑问我父亲工作这么忙为什么还能写这么多稿时，父亲才向对方透底。编辑说，干脆让那小子自立门户算了。于是，靠着一个月10多篇甚至20篇的发文速度，我走进了“东方网特约评论员”“人民网十大网评人”的队伍。

我本不喜欢犹如“谢谢TV”般将所有人谢个遍。但这一路走来，许多媒体的前辈与杂文圈里的老师的关怀、鼓励、支持，又确实让我没齿难忘。北京杂文学会会长胡昭衡爷爷曾说我是“杂文界的儿子”，并写信鼓励处于迷茫中的我。还有太多老师给予过我发表文章的机会，更使我在中国作家协会与北京杂文学会都有了一席之地。在我的第一本书《蒋萌网评》的研讨会上，那么多杂文界老师为我这个晚辈前来捧场并不吝指点，我真不知该说什么好。如果说医生救了我身体上一命，那么许多老师则在精神与工作上力挺、扶持了我。另外，我也得说，如果没有网络，不会有“人在家中坐，评论天下事”的我。我很庆幸，赶上了这个既有寒冷又不失温度、既生长荆棘又存在坦途的时代。

我已经35岁，父母也渐渐老去。不久前我又闹了一场病，虽然是虚惊一场，但父亲说，岁月不饶人，他已不像当年那般什么都敢扛了。我明白这话的深意，眼看两鬓染霜的爸爸和妈妈，我的心里既有感激与感叹，又蕴含难言的愧疚。都说“养儿防老”，年过六旬的他们本应受到儿子的照顾，我家的情况却是“颠倒”的。我深深地感觉到，生活中固然有一些事可以通过努力去争取，但还有更多事是人力无法克服的。我知道，在未来的人生旅程中，摆在我面前的困难未必会比曾经的少。

对于人生或命运，我是这么理解的——首先得活着。这看似是废话，却是一种实在的真相，至少也是“正确的废话”。只有活着，人才能经历和感受生活的酸甜苦辣，体味人生百态，感知人性温度。正因为有对痛苦与艰难的体味，才会知道幸福与快乐的不易与宝贵。“人生不如意事十之八九”，是一种常态。我们是哭着降生到这个世界的，但我们不会直接想到注定会因为病痛或灾祸离开这个世界，并因此消沉抑郁。人生就是经历的过程，这个过程往往是苦比甜多，我们倍加珍惜其中的甜，我们也不憎恨其中的苦，因为苦与甜是辩证存在的。因为知道苦有多苦，我们才会全力去追寻甜，这也是我们与社会不断前进与发展的根本动力。活着，为了你爱和爱你的人倔强地活着，甘心为他们付出你的爱，尽力承担你可以承担的责任，享受你应该享受的苦辣酸甜……

(2015—3)

反刍

“少”与“多”的奥妙

笨小编

胡适于1919年写下《多研究些问题，少谈些主义》这篇后来遭到咱们猛烈批判的文章。李大钊在与胡适商榷的《再论问题与主义》一文中提出自己的观点后说：“拉杂写来，有的和先生的意见完全相同，有的稍相差异……如有未当，请赐指教。”

李大钊并未盛气凌人地指责胡适“反动”。当然咱们对胡适的批判，是当时社会背景使然，不提也罢。

客观地看，胡李二人观点，均有见地。有些意见，如大钊先生说，“完全相同”，有些只是“稍相差异”而已。

他们二人，只是论述的切入点、侧重点不同，而在“解决问题”这点上，最终达成共识。

是呀，谈“主义”也好，讨论“问题”也罢，不都为着“解决问题”吗？不解决问题，则一切美谈，纯属废话。

胡适说：“我并不是劝人不研究一切学说和一切‘主义’。”他只是强调必须“少谈”些主义，“多研究”些问题！

这一“少”一“多”，奥妙何在呢？

胡适如此自圆其说——

第一，“空谈好听的‘主义’，是极容易的事，是阿猫阿狗都能做的事，是鹦鹉和留声机都能做的事。”

话说得难听点儿，比喻而已，不必计较。

第二，“一切主义都是某时某地有心人，对于那时那地的社会需要的救济方法。我们不去实地研究我们现在的社会需要，单会高谈某某主义。好比医生单记得许多汤头歌诀，不去研究病人的症候，如何能有用呢？”

什么补中益气汤、解郁软坚散，这些汤头歌诀，连我这中医外行，也会背几首，我却给人看不了病。

第三，“偏向纸上的‘主义’，是很危险的。这种口头禅是很容易被无耻政客利用来做种种害人的事。……罗兰夫人说，‘自由！自由！天下多少罪恶都是借你的名做出的’！”

胡适所谓“政客”，当然指国民党。时中共尚未诞生，谈不上出啥“政客”。

那么，当年急需解决的“问题”，是什么？胡适说：“现在中国应该赶紧解决的问题真多得很。从人力车夫的生计问题到大总统的权限问题，从卖淫问题到卖官卖国问题，从女子解放问题到男子解放问题……哪一个不是火烧眉毛的紧急问题？”

关于“多研究问题”，胡适进一步说：“研究问题是极困难的事……这都是要费工夫，挖心血，收集材料，征求意见，考察情形，还要冒险吃苦，方才可以得一种解决的意见。又没有成例可援，又没有黄梨洲（即黄宗羲）、柏拉图的话可引，又没有《大英百科全书》可查，全凭研究考察的工夫：这岂不是难事吗？”

旧中国的问题，那时的人研究透了、解决妥了没有呢？我认为没有。

如今是21世纪。在新中国，可以说，“主义”已见分晓，已然铁定。可是，问题呢——很多已经解决；诸多尚未解决；新的不断冒出。

当下最令老百姓不满者，即权力滥用、严重腐败等问题。研究和解决这些棘手问题，必须来真的，而非空喊口号。

咱们一定在新闻里看到，很多位高权重的腐败分子，什么省部级，或更高级别官员，前一日在台上大唱“反腐”高调，激情有加，声色动人，翌日即被中纪委“双规”。他们的“口号”挺漂亮，他们的“问题”很糟糕。这是不是一个最具滑稽的讽刺？

“反四风”，落于纸面，无非三个字，可真研究“四风”根由、遏制“四风”泛滥，要费多大周章——不是有“几十个红头文件管不住一张嘴”一说吗？即在强力“反四风”的眼前，有些掌权者，甚至逆向而动，边“反”边犯呢！

胡适说：“凡是有价值的思想，都是从这个那个具体的问题下手的。”这与习近平所说“空谈误国”，端的互为印证。

咱们依法治国，先像北欧诸国那样，把权力关进笼子，把人们最痛恨的腐败问题“解决”了，则社会主义前景，必定更加明亮。

(2014—4)

缅怀

我的心痛如针扎

段柄仁

铁志同志突然离去，如晴天响雷、炎夏降雪，让人目瞪口呆，心如针扎，疼痛久久难以平复。铁志正当盛年，无论在党刊编辑和领导岗位上，还是杂文的创作和研究方面，都处于蒸蒸日上状态。无论他的文才还是干才，皆可称同辈翘楚，人品还是作品，已受人们普遍赞誉，各方面都寄厚望于他。然而，万万想不到，他竟被隐形的精神疾患推上了不归路。面对哀乐声中如生安睡的遗体，令人痛苦难耐，唏嘘惆怅，不能自已。

还是在他离世前不到10天，全国杂文学会联谊会、北京杂文学会、检察日报社共同主办了“移动互联网时代的杂文创作暨老土《牛头马嘴集》研讨会”，铁志身患感冒也赶来参会，并以沙哑的声音，作了一个思想深邃、说理周到的发言，令与会者十分钦佩。会后约他等我出差回京，到办公室坐一坐，有书送他，有工作问题要交换意见。因为今年北京杂文学会要换届，全国杂文学会联谊会领导人也将作相应的调整，换届的方针、人事安排、工作推进，都需要协商研究。我是北京市杂文学会会长，他和蒋元明是常务副会长，过去有些工作，也是我们事先商量，而后征求意见，集体决定的。这一次他欣然同意，并说等我回京，立即找我。7月25日，我回京刚进家门，第一个电话接到的不是我们的约定，而是李下同志带着悲声送来的噩耗，接着是打爆了的报丧来电，使我头昏脑胀、坐卧难安，往事件件冲上心头。

我和铁志神交已久，但直接交往是本届北京杂文学会换届会前。我们的年龄相差较大，工作经历各不相同，但却一见如故，在许多社会问题的认知上和一些矛盾处理的指导思想、方式方法上，常常一拍即合。因此工作配合默契，友谊也不断加深。他作为学会领导成员，分工挑起了会刊《北京杂文》的创办、推进和终审的职责，和其他几位同志一道把刊物办得有声有色，受到业界广泛称赞。在日常工作的合作中，特别是办刊中使我深感铁志政治上的敏感和清醒，理论和文字功底的深厚，善于激励和整合的组织协调能力，以及敢于担当、甘于奉献、勤奋敬业、谦虚谨慎的优良品德。人们知道，操弄杂文，不仅使你经常处于社会生活的风口浪尖，而在杂文队伍内部，也总是争议不断，甚至形成或大或小、时分时合的派系。铁志有自己的见解，但他从不强加于人，总是处处从大局出发，严以律己，宽以待人，尽可能化解矛盾，团结同志。他以真诚坦荡、热心恭谨、常为他人作嫁衣的做人之道，待人接物，成为不少老中青杂文作者的良师益友。

然而这样一位才华横溢、业绩非凡、富有人格魅力的杂文家，多次被评为先进人物的文化名家，“五一劳动奖章”获得者，却没有顶住精神疾患的冲击。原因何在？众说纷纭。其中有共识的一条是其内心不够强大，抗压能力不足，“铁志”缺“铁”。凡是和他接交过的同志，多认为他是一个公道正直、有理想、求完美的知识精英。然而社会是在一系列矛盾斗争中发展的，有时“公道正直”的思想行为，常常被矮化、污化、边缘化。美好理想的推进，也常常会被一些歪理邪说曲解、架空，被重重困难挡路。而社会的不完美是绝对的，是常态，完美只能是相对的暂时状态。在追求完美进程中，碰壁是多发的，是难以避免的。如果把因碰壁而带来的烦恼、无可奈何之事造成的心结，不及时排解，日积月累，就会形成巨大冲击力，撞向那颗不设防或抗压能力不强的心，使之崩溃。

铁志已远去，他给我们留了丰富的精神财富。但尚有一句话，“让内心强大起来”，是他未曾做到，但却以行动留下了沉痛教训。对以兴利除弊、时刻都在风浪中搏击的杂文作者来说，这个教训更应重视！

(2016—4)

想起这份杂文写作的原动力

伍义林

与朱铁志交往交流并不是很多，持久地留在我脑海深处的，是他那淡淡的微笑。他走出故乡前，家境并不顺，虽然没有挨饿，也算幸运，但没少受人白眼和歧视，一度也迷惑于“翻脸不是人”的炎凉。人穷则返本。他的这微笑，归之于天生而来，恐怕有些不诚不敬，然而他的笑，给你的恰如从心底而来，是自然而然的。可见这份带着他与人为善的笑，修养而生，修练而成。这笑意，感染过我。

他的为文正如他的为人，孜孜矻矻，学养灌注，学理贯通，学问滋养，“自省精神”也差不多修炼到炉火纯青。他的文字，感时嫉俗，见事明理，微言大义，明是洞非，大之则直接本体，细之则探幽毫厘。这样的文字能量，打个比方，犹如一束光，澄明透亮，多姿多彩。然而，色盲的人看不到他的真貌，真情，真心；色弱的人看不清他的本色，本质，本真；戴了有色眼镜的人，有意无意间曲解，误解，错解他的思想。实际上，眼睛澄明的人，却能心无挂碍地领略他的光彩，是鲜明的，是分层的，是谐调的。他的睿智之光，能起光合作用，能产生氧气，能消毒。“我多么希望人们身上丑恶的东西能够变得更少一点，善良美好的东西能够变得更多一点”，铁志曾说，这是他杂文写作的原动力。或许，正是这份原动力，吸引着更多人与他心心相印，体谅他的用意，佩服他的悟性，分享他的明道。他的光本可以是生动的，鲜活的，穿过网络媒体舆论场极端情绪肆意燃烧鼎沸而升的雾气，穿透天下攘攘势利场蒙蔽良知谜惑真理而起的雾霾，为温暖人世间赖以寄托的精神家园，发挥更多光和热。

呜乎，惜哉，痛哉！这束七彩光源遽然熄灭了。“我们的一切都归功于亡人，他们不是死者，他们活在我们中间，或活在身体的细胞里，或活在灵魂的回忆里。”比利时诗人戏剧家莫里斯·梅特林克讲的，不是有灵论，而是无神论，不是轮回说，而是文明进化观。但愿铁志“活在灵魂的回忆里”，他那一度算是耀眼的思想之光，不因少了活光源而失色，相反，却因光能不再生而珍贵。

(2016—4)

“我的琴声呜咽，泪水全无”

鄢烈山

6月26日早上，南方周末网举办的“行走石油”作家采风团一行数人，从灾后重建的青海省玉树藏族自治州州府结古镇出发，驱车前往玉树州的治多县，采访在治多县扶贫的中石油劳模、藏族姑娘春花（才仁吉藏）。从平均海拔4400多米的玉树市，沿通天河西侧北上，向平均海拔4500多米、更加地广人稀的治多县进发，缺氧的反应更加强烈，车窗外的景致也早已没有三天前刚进青藏高原时的新鲜感。昏沉沉中手机铃声响起，是杨学武打来的，打罢招呼，刚说“铁志，今天”电话信号就断了。联通的信号本来就不好，在这种地区中断很正常，但是学武的声调很不正常，给人不祥之感。铁志怎么了？他这个人能出什么事，遭遇车祸了吗……

中午快到治多县城，信号恢复，我正想给学武打过去，杨庆春打来电话，告诉铁志弃世的讯息。

这怎么可能呢？两天前的深夜我们还在微信上通过话。

庆春只是告诉这么一个消息，他不可能把事情始末和前因后果说清楚。我的脑子一片空白，脑门阵阵发痛，赶紧打开随身带的氧气瓶吸了几口，打开微信，搜到我们最近的通话，看到我的留音是6月23日22点18分：“我在青海，出来半个多月了，老婆说柯湘给我寄的样书已收到。谢谢、谢谢，不容易。”他的回复是6月23日22点40分：“不客气，烈山兄。这个书能够出来，总算有个结果了，我也就满意了。这过程当中，有很多不尽如人意的地方，只当是个遗憾的艺术，好在大家都理解。多包涵。”

戴上耳机，我听了一遍又一遍他的语音，声调是那么熟悉，人总是那么谦和，夜那么深了，他还不忘处理当天的微信。

这么好的一个人，是什么把他逼上了精神的绝境？

铁志1960年出生，再熬四年就退休了，到时候我们见面的机会一定很多，不论什么观点当面交流就方便了。

谁知道，他不竟熬到退休！他是一个温和的人，却采取了这种决绝的方式。他实在做人太好了，太周到了，也太累了！换了别人，换了我，想退隐，称病就得了……可是，我有什么资格责备铁志的选择呢？他是何等智慧的人，做这样的选择自有他的道理。

行走在唐蕃古道上，行走在古羌地，今日的青藏高原应该是比历史上更荒凉，其不适合人居比汉唐时代更悲凉。接下来的几天，车行在可可西里无人区的边缘，但见雪山下“平沙莽莽黄入天”，戈壁滩上“一川碎石大如斗”；越昆仑关口，进入柴达木盆地，感受杜甫描述的“君不见，青海头，古来白骨无人收。新鬼烦冤旧鬼哭，天阴雨湿声啾啾”；而总盘旋我心头，驱之不去的，是早逝的诗人海子（1964—1989）的那首《九月》。半个月同行，诗人庞培多次在不同的晚宴场合吟唱这首《九月》，那忧伤的曲调和凄绝的歌词，曾令我感到迷惑与不悦。如今在这青藏高原上，我竟落入了诗人描述的意境：

目击众神死亡的草原上野花一片
远在远方的风比远方更远
我的琴声呜咽　泪水全无
我把这远方的远归还草原
一个叫木头　一个叫马尾
我的琴声呜咽　泪水全无
远方只有在死亡中凝聚野花一片
明月如镜高悬草原映照千年岁月
我的琴声呜咽　泪水全无

只身打马过草原（海子原诗为“一个叫马头，一个叫马尾”，周云蓬演唱时改为“一个叫木头，一个叫马尾”，都是指蒙古族人的马头琴）。

人生是如此的无助，死亡与孤独才是永恒的母题。

海子与铁志同是北大毕业，他们都为生命的意义所困，都感受到强烈的孤独。就像人们只看到海子的《面朝大海，春暖花开》的字面，欣赏“喂马、劈柴，周游世界/从明天起，关心粮食和蔬菜/……我只愿面朝大海，春暖花开”的句子，不懂也不想懂，那其实是他的心灵在挣扎，期望自己能改弦易辙去追求世俗的幸福；我们看到铁志的勤恳工作、坚持写作、热心杂文事业，其实是他用这一切来抵抗心底的忧郁与绝望！

……

参加完邵燕祥老师创作70周年作品研讨会，从京郊怀柔回到市中心是9月14日中午。这回到北京，却再也见不到铁志了。15日下午郭琛同学陪我在故宫博物院看武英殿的书画展，走出神武门，在景山前街候车，触目看到景山前街与景山西街相交路口的“大三元酒家”，不禁悲从衷来。往事历历如昨，却物是人非，失去了牧惠老师，又失去了铁志兄弟！

从上世纪90代初，到2004年6月牧惠老师猝然病逝之前，我每次进京，老爷子都是在这家粤菜馆请我们几个年轻人聚餐。有时是铁志的同龄人和同事孙珉和赵光参加，有时是在附近上班的《群言》杂志的吴志实参加，但只要铁志没出差，都会参加。嘻嘻哈哈，畅所欲言，谈杂文，也聊时事，甚至打趣电影里“南霸天”模样和发型的老爷子，那时是何等地轻松愉快！

忘不了1997年，我因肝病住院，老爷子和铁志电话问讯，劝我妻子让我进京求医。我进京后，《求是》杂志的老少两代四位师友，通过文化部和《北京日报》的朋友帮我联系名医，王乾荣兄又通过办医院的邢博士提供帮助……他们如父如兄的情谊，对于我是极大的心理治疗。

虽说“人事有代谢，往来成古今”，却难免令人伤感。如果说，牧惠老师的猝然去世是天命，以76岁的年纪尚能勉强接受，那么，铁志以56岁的盛年而选择辞世，太令人难以接受了，真是天地不仁，歼我良人！

我从来不接受什么“体制内”“体制外”之类标签，我崇敬的是具体的“人”，是牧惠、朱铁志、钱钢、江艺平这样正直、勇敢又善良、谦逊的人。

说谁是杂文界的领军人物，不是说谁的杂文写得最好（如果说当代杂文，迄今写得最好的是邵燕祥老师，应该没有多少争议），而是说他为当代杂文的繁荣作了多少“组织”性的贡献。主编一套套全国性的杂文丛书，既是文学文献，更是对杂文作者的鼓励和培养。在这方面，继严秀、牧惠二老之后，就数朱铁志用力最多、成绩最大了。他的辞世，不仅是某个亲友的损失，不可否认更是整个当代杂文界的损失。

念及这些，我心凄恻，潸然欲涕。

今日记下此情此感，胸中又响起海子的《九月》，“我的琴声呜咽　泪水全无”；却又如南宋灭亡多年后，诗人舒岳祥（1219—1298）挽悲剧性的丞相叶梦鼎的诗云：“渊明还死晋，商皓本逃秦。壮士元无泪，西风自湿巾！”

2016年10月7日　于武汉

(2016—4)

附：我“死”以后

朱铁志

拙文《如果我死》在《学习时报》发表后，又经《读者》《作家文摘》《杂文选刊》《美文》以及众多网站广泛转载，产生了不大不小的轰动效应。在“百度”和“孤狗”上搜索，不仅有上千个相关词条，而且居然有了“如果我死”和“如果我死了”的专题索引。不少读者留言，表示赞赏拙文的观点，说“死得如此潇洒，也是一种幸福。如果哪天我死了，也要这么做。”辽宁盘锦的一位朋友看过拙文以后，在网上建立了“死亡论坛”，希望和网友一起专门探讨“死亡问题”。网友晒月亮说：“想到死的人，说明他对生活没有激情了，他的心态很老了；还有人说，想到死的人，是最无畏的人，他会更加热爱生活。”

也有不少人不赞成我的观点，特别是不赞成我公开发表谈论死亡的文章，认为“太自我，不顾别人的感受”。首先是我的爱人说我“胡说八道”、“不吉利”，她不爱听；然后是我的哥哥说看了以后心里难受，觉得我还年轻，身体也不错，怎么忽然想到谈论这样的话题。还有不少关心我的朋友担心我出了什么事，要么小心翼翼地给我打电话，轻声慢语地询问：“你还好吧？”要么间接向朋友打听：“铁志最近没受什么刺激吧？”

最让我感动的是一位党校同学的来信，她在电子邮件中毫不客气地批评我不该在生死问题上如此自私，而且以一个朋友的身份提出了一系列令人深思的问题。她说：“看了你的《如果我死》，让人心里难过很久。文章虽然很凄美、很深刻、很超然、很有文采，但总是让人感觉有点残酷、无情、冷血。你的亲人和朋友看了一定会很难受，以为你是个很自私的人。我并不赞成你的观点。人活着有时并不是为了自己，生命是自己的，也是他人的。从出生那天起，你就不只是属于你自己，你属于这个社会、这个家庭、这个环境。你不能自由地去死，你的死会给亲人、朋友、那些爱你的人带来伤害。所以，你有权结束自己的生命，但你无权给他人带来痛苦，为了爱你的人都开心和快乐，应当珍惜生命，负责任地好好活着。国家培养了你，父母养育了你，回报社会和双亲是你的义务。抢救你的生命不是简单地为了你，而是为了更多的人。所以，你无权拒绝对你的救治，更不能放弃最后的希望。追悼会、悼词、墓地等是人们表达感情的一种方式，你不能剥夺他们的这种权利，让他们内心无比悲哀却不能有所表示，心理平衡也是一种需要。”她在一口气说了这些以后，又不无沉重地质问道：“你的文章给读者灌输一种什么样的生死观？尤其是为青少年和生活艰难、坎坷不幸的人找到一条什么样的解脱之路？引导我们看破红尘？一个轻视死亡、轻视生命的人，往往是个不负责任、自私自利、无所不为的人，这种人对社会是个灾难。面对当今充满浮躁、困惑、压力的社会，作家还是多写点积极的作品为好。”

还有一位朋友从另一个角度提出问题：“你说如果你不幸身患绝症，请求单位领导同志们不要对你进行无望的救治，那么你让那些正陷于癌症的同志怎么办？难道人家留恋生命、渴望救治，就是境界不高吗？你说如果你死，决不希望别人为你写什么生平事迹一类的文字，决不希望举办什么追悼会、告别会、追思会一类的会议，决不购买骨灰盒、墓碑、墓地一类玩意儿，那么人家辛苦一生，希望组织上有一个客观公正的评价，希望同志们最后再送自己一程，希望有一个体面的骨灰盒以便日后亲人悼念，难道有什么不对吗？”

看了相识不相识的朋友们的留言、来信，我非常感动。我想，朋友们之所以如此关注拙文，并非因为我的文章写得怎么好，而是因为它碰巧触及到了人人心中有、个个嘴上无的问题，触及到了人们心中最柔软的那个地方；说明生死问题确实是一个带有普遍性的、值得关注的大问题。党校那位同学现任某省高级人民法院副院长，她的法官身份使她的问题不仅充满朋友间的真诚与坦率，而且具有了法律的庄严和冷峻，因而格外令我珍惜，促使我深刻地反省自己。

按照咱们中国人的传统习惯，死亡属于“忌讳”的话题。虽然谁都逃脱不了死亡的威胁，早晚要撒手人寰，化为尘土，但公开讨论这个问题，还是让人感到不舒服、不吉利。这也是为什么我的文章让亲人和朋友感到难受的原因。我能体会到他们的爱与友情，但我依然认为这个话题其实不仅可以探讨，而且应该深入探讨。我是学哲学的，西方一位哲学大师曾经说过：“从某种意义上讲，哲学其实就是学死。”我们中国古代的先哲也曾坦言：“不知死焉知生，不知生焉知死。”我想，所谓“学死”，无非是说通过洞晓生死而参透人生的目的、意义和价值，是超越生死而更珍惜当下的现实生活，使人生既超然物外，又入乎其中，既隐于市又飞升到八极之外，关注脚下又仰望星空……说到底，是追求一种不为功名利禄所羁绊的人生境界。

朋友的诘问提出了很多值得深思的问题，这些问题不仅对于我本人，而且对所有从事哲学、社会学、伦理学、法学的同志都具有深刻的启发意义。比如：人到底有没有死的权利？即便身患绝症，现代医学暂时还无力救治，人是否有权请求结束自己悲苦的生命？我国暂时还没有为安乐死立法，但不被法律承认的愿望是否就是不合理的愿望？对于身患绝症的患者来说，人道主义的救治本意在于延长病人的生命，但同时也无情地延续着病人的痛苦，这到底是一种人道，还是一种霸道？比如，人的生命究竟在多大程度上属于自己？为了不让亲人痛苦难过、为了朋友和同事能够奉献爱心、为了国家和社会多年的培养，一个身患绝症的人是不是一定要无条件地忍受痛苦、坚强地活着？从病人对亲人、朋友的角度，这毫无疑问是一种爱和体谅；从亲人、朋友对病人的角度，这到底是一种爱，还是一种残忍？比如，能否坦率地谈论生死问题，能否坦率地表达或许不那么合乎世俗常规的观点？表达了这样的观点是否一定就会对读者特别是青少年产生不良影响？表达这样观点的文章是否一定是消极的文章？我们应该如何判断读者的接受能力和理解能力？如何定位作者与读者的关系？等等。

我意识到：自己未必完全赞同朋友们在诘问中所流露或所潜藏的观点。但不管我是否完全同意他们的观点，所有这些意见都让我感到近年来少有的感动和震撼。说实话，平时文章写得不少，好话听得更多，而不同意见，特别是批评意见却听得越来越少，这让我感到写作生活中总是缺了一点什么。俗话说，难得是诤友。对于一个热衷写作的人来说，整天听好话固然不失为一种鼓励，但过多的好话除了让人飘飘然、忘了自己是谁以外，还会有什么结果呢？朋友的诘问和批评使我连续几天寝食不安。想到写作时只为自己表达得痛快，想到无意间可能伤害正身患绝症的朋友，想到一个作者不能只为个人表达，还必须承担相应的社会责任，我的的确确感到一种沉重，感到一份实实在在的压力。我真的很感谢这些朋友，是他们使我在“热血沸腾”、“一帆风顺”的时候冷静下来，理智地反省自己，反思走过的人生道路和心路历程。让我不断地提醒自己：要时时刻刻埋下头去做事，低下头来作文，谦卑地面对生活、面对读者、面对朋友，永远不坠青云之志。

（2016—4）

“大地之子”徐怀谦

王必胜

徐怀谦英年早逝，太突然了。当天下午，我正好从外地出差回来，在机场路上得知他去世的噩耗，不敢相信。一周前还在部门的例会上，他诚恳地表示，这些时他病体缠身，休养期间大家对他的关心和帮助，他深表歉意和感谢。在我的办公室还说到，他编辑了一些稿件，可以用一阵子，说过几天西北的朋友让他去那边采访，写点东西，可排解一下吃药看病的紧张情绪。看到我的笔墨纸张一大桌子，我们就说到书法，我建议他用书法来辅助治病，转移一下注意力，或许对恢复身体有帮助。看到我写的一幅鲁迅当年悼念民盟会员杨杏佛的诗的书法，在《散文选刊》上发表了，他说杂志已看到，说我写得像那么回事，并与我同好这首诗的内容。没有想到，这次谈话，竟然成为最后一次聚晤。

鲁迅悼杨杏佛的诗是，岂有豪情忆旧时，花开花落两由之，何期泪洒江南雨，又为斯民哭健儿。这里用来纪念他庶几暗合我意。他是一个有着激情而勤奋的写作者，一个对工作十分敬业而执著的编辑，一个与人为善、仁心厚道的同事，一个内向却颇有主见不乏豪情的青年人。这多年，我们在工作上配合得默契，远的不说，在他负责《人民日报·大地》文学副刊上，每在重要的宣传节点，像建国60周年纪念、建党90周年、民族团结的宣传，以及最近的“与雷锋同行”的征文，等等，文艺副刊都积极地配合。每次活动最后，都有文章结集出版，得到一些好的反响。他热情地联系作家，寻找最好的写作对象。我们共同的认识是，不敢说最高水准，但求最好的态度和最豪华的阵营，打“名文”、“名人”牌，就有可能提升文章和版面的质量，这些看似按部就班的工作，却在他和文学编辑室的努力下，完成得很有声势，成为报纸副刊的一个亮点。作为一个资深的骨干编辑，他善于发现新人，保持了《人民日报》优良传统。去年纪念辛亥革命百年，他编发了一个普通作者的《山高人为峰》的散文，获得了中国报纸副刊一等奖。特别是在报纸文章中，注意人文情怀和求实精神，契合了人民的报纸这个重要的使命，这样，常规式的宣传有了活力，有了内涵，保持了大地副刊多年来为读者喜爱的一个品牌的品位。

作为一个农家子弟，他对中国社会底层保持着充分的热情。他九十年代曾去河南挂职两年，这段生活他常在我们交谈中提及，并成为他关注现实改革、对普通民生和平民生活的特有的情怀。去年，他主动参加了中国作协组织的“南水北调作家采风”活动，走村到乡深入基层，回来也就一个月时间，创作了近万字的报告文学《南水北调进行时》在《人民日报》上发表，他以丰富的细节和高昂的激情，描写了国家重点工程的建设者们辛勤贡献，特别是对广大的库区移民、动迁老乡们的大义情怀，进行了充分的展示。在全国报告文学“精短作品评奖”中获银奖。在他的多部作品的写作中，也寄予了对社会改革和民生进步的重视和关心。

不幸的是，他今年胃病严重，吃药过程又有了神经官能系统的紊乱。他对我说过，是患有严重的失眠症，说自己得了抑郁症，我没有想到他有如此的严重。最后一次听他说，他对自己治疗都没有多大的信心，我以为平时低调行事的他是一句开玩笑的话，所以没有引起重视，现在想来深感不安。平时里他内向，却也常有些玩笑，虽有文人名士之斯文，却也有一些文学人的天真和执拗，有时，他不平于现实中的个别乱象浑浊，也觉得这个世界有爱与真诚的可贵。他是一个理想主义者，对人对事多宽厚而善良，却不能对待自己的那个病魔，那个本来可以找到更多排解通道的抑郁病。

呜呼，他太极端，以这种方式结束了自己年轻的生命。一个有才华、有见识的勤奋作者，一个有影响的杂文家、一个好编辑，如此的烟消云殒。我们不能责怪他的选择，但令人扼腕的是，无论如何，他可以有更多的选择，本来他不是那种没有责任心或者激愤不端的人。我心沉重，也借鲁迅先生的祭诗寄怀，何期泪洒江南雨，惟有小文祭灵前。

怀谦一路走好。

（2013—1）

勇于带着缺点和缺憾坚强地活着

张心阳

朱铁志的走，对于我们几乎是不辞而别，让我们震惊如同晴天霹雳。

他的选择，自然有他充分的理由。今天我们不必过多地去探寻他的理由，更不必以己之心来揣测他的理由。但有一点，我的感受是不会错的，相信许多人也会有同感，那就是他对所做的每一件事情，乃至对人生，都一直追求完美。

他对杂文写作是追求完美的。细读铁志的杂文，不难发现，他很少有草率成篇的东西，无论是自主写稿，还是完成他人的约稿，几乎都是经过精雕细刻、精心打磨的。正如他自己说的，“写不顺手时从不硬写”。他的身份相对比较特殊，这决定着他的写作，不可偏激，也不能绥靖。如果没有几分辣味，读者会失望；如果过度地把匕首、投枪挥舞得嘎嘎响，似乎又招至不应有的麻烦。这于他来说，可谓是一项走钢丝的事业。有人对他不理解——一个杂文家，出手的东西怎么有些犹抱琵琶，有些言犹未尽？这种不理解只能说是《三国演义》中的祢衡式思维，最终难免被斩落下马。1979年我在对越作战战场上，有一口号至今难忘，叫做"保存自己，消灭敌人。"如果自己傻不愣愣的先牺牲掉了，还拿什么来消灭敌人？必须承认，铁志用他的聪明才智，用他的周密思考，在这条钢丝绳上走得十分稳健、游刃有余。可以说他是作为官员从事杂文创作乃至推动杂文事业发展的成功范例。

他的"小人物"系列写作，更是悉心打造的精品。几年前开"朱铁志杂文作品研讨会"时，我曾专门阐述过，无论是"小款"，还是"小秘"，无论是"小牛轰儿"，还是"小会虫儿"，无不都是精心琢磨和苦心打磨出来的。大社会造就了"小人物"，"小人物"映照出大社会。人们通过"小人物"阿Q读懂了近百年前的中国社会。百年之后，人们如果要了解现在的社会，阅读"小人物"系列，无疑大有助益。铁志精心创作这个"小人物"系列，是他追求完美过程中的一个结果——没有这样的追求，就不会有"小人物"系列的相对完美。

他对履行本职是追求完美的。他在履行本职过程中究竟是如何作为的，我不算太了解。但他的同事，至少有七八个人我十分熟识。每次和他们聊天，谈起铁志，无不给予大大的夸赞，称他是十分优秀的人才，不可多得的领导，为人正直善良的哥们。有一次，他的同事、《求是》杂志经济部刘主任，邀请我等几人餐叙，一张口他就说"先把铁志叫上"。聊天中得知铁志作为副总编辑，不光管编辑业务，还管着党组、工、青、妇以及老干部等事务性工作。这些都是很难管的工作，但铁志不仅管着，而且几乎得到了所有人很高的评价，尤其是得到老干部们的赞誉，这是相当不容易的。

他的履行本职优秀不优秀，还可以从他进入"四个一批"人才队伍和"'万人计划'领军人才"队伍看得出来。"四个一批"人才是党和国家重点培养的理论、新闻、出版和文学文艺界人才；“‘万人计划’领军人才”是由中央在全国科技创新领域、文化教育领域和哲学社会科学领域等精心挑选的万名精英，他们既受重点培养，也是这些领域重要领导岗位的后备力量。一个人能够多次进入这样高端队伍，如果他的水平不是很高、业务不是很强，是不可想象的。由此也可以证明，铁志在履行本职上，是在不断追求完美的。

他在为人处事、待人接物上也习惯于追求完美。任何人有困难，只要他能帮助的总会提供一切帮助，哪怕你有心理上的需求，他都会想到。我初次与铁志见面，是我调到北京工作不久，受邀参加他作东的一次聚餐。餐桌上有牧惠等一帮大家。我因是初次相见，在这种场面未免有些拘束。而铁志显然看出了我的心事，不时地主动地与我攀谈，有时还刻意将大家的话题引向我这边，努力地引起更多人对我的注意。这些虽是小事，但足见他凡事总是设身处地地为他人考虑，努力地使他人获得最大的满足和愉快。

1997年，梅桑榆从老家背着一台386电脑独自到北京谋职。京畿之地对于老梅来说，可谓“两眼一抹黑、一身无处栖”。为给老梅提供帮助，杂文圈子的安徽同乡发起了一次聚餐。通知铁志后，他立刻欣然接受。后来，梅桑榆参加人才招聘会，铁志也一起到现场，帮着挑选合适的岗位。之后，老梅就成了铁志圈子里的朋友。铁志这种事做了多少，难以尽数。他待人是不论职务高低、身份贵贱、能力大小的，即使是对待一个不知名的晚辈，都能为其请次客，挤出时间聊两三个小时。

铁志的事三言两语说不完。他用完美的标准作为追求，使得杂文创作得以丰富，使得杂文事业得以发展，使得杂文队伍得以和谐，使得那些与他交往的人得到了有所期待甚至不曾期待的利益的满足和精神的愉悦。杂文界为拥这样一个人而幸运而欣慰。

其实，像他这样追求完美是很辛苦的。因为这种辛苦，才使他不堪重负、难当重压，也就是铁志的夫人黎女士说的：“因长期超负荷工作，突然离世”。因为如此，是多么令我们惋惜！

铁志去世那天，我在微信中给一位认识他的朋友发送了消息，回复是："好人不在世，祸害一千年。"这让我思索良久，为什么像铁志这样追求完美的好人就不能在世呢？难道是天命吗？细想想，不是，是因为好人有担当，什么都想自己做；是因为好人有标准，什么事都想做到最好；是因为好人善良，遇事总是为他人着想；是因为好人讲节操，不愿意出卖灵魂；是因为好人有自尊，不愿接受屈辱；是因为好人坚持原则，不可避免地将恶人得罪；是因为好人有抱负，总在追求着更高的目标。做一个好人需要承受很多，需要很大的心理和精神上的承受力才能担当。因此，做一个好人注定要比做一个为所欲为的"祸害"不容易。

实际上，这个世界是没有人能把人做到尽善尽美的，正像《菜根谭》里说的，人能做到五成五的好，就是好人；做到六成的好，就是天大的好人。坚持着完美无缺、璧玉无瑕的追求，不只会使人变得很累、很苦，也很容易受伤，甚至是来历不明的伤。君子坦荡荡，小人常戚戚。明枪易躲，暗箭难防。

为此，我就产生一个想法，对于我们今天活着的人来说，不要过于追求完美，总让自己不堪重负、过于劳累。世事很复杂，生命很脆弱。我们应当树立一个观点，那就是——勇于带着缺点和缺憾坚强地活着！

曾经，落马的权力者，一边唱着为共产主义奋斗的高调，一边吸吮着民膏民脂、怀抱着二奶三奶；多少财团大亨，一边干着所谓的辉煌事业，一边将国有资产化为私有、将私有资产转到国外；多少演艺明星，一边闪亮地上演着正派人物，一边做着男盗女娼、丧失常伦的事情。他们尚且活得百般滋润、百般逍遥、毫无愧意，我们凭着良心、本色和仁善，为什么不能活得更滋润、更逍遥、更理直气壮一些呢？前一阵子，南海仲裁案引发一番所谓的"爱国"骚动。我发现某些"大字号"的"爱国流氓"恰恰是现在或曾经的贪污受贿、骗财骗色、丧尽常伦之徒。他们的行为不过是扯着"爱国"的大旗为其既得利益作庇护。无耻之徒尚且如此高调、嚣张地活在世上，君子无疑更应该坚强地活着并戳穿其欺名盗世的画皮。

缺点固然不是我们需要的，更不是可以引以为自豪的，但缺点对所有人都是不可避免的。杂文先驱鲁迅同样不失许多缺点，但是，“有缺点的战士终究是战士，完美的苍蝇终究不过是苍蝇。”

前几天，一位画家在微信中传给我一段人生感言，其中一句是“人生无非是笑笑人家，再被人家笑笑而已。”这话带着几分戏谑，但亦可谓形象地概括了人的底色以及人与人之间的关系。我们要让人生过得崇高一些、更有作为一些，但也要对自己不完美的人生多几分包容、多几分谅解。既然谁的人生都免不了让“人家笑笑”，那就让人家笑笑就是了。走自己的路，让别人去说吧。

纵笔

几亿薪水方能“廉”？

谷　建

腐败已如新型病毒，在中国四处扩散，危机四伏。于是，“有识之士”们纷纷提出了“高薪养廉”的系列主张。其核心理由是，官员和商人、企业家、歌星及影视明星等群体相比，收入差距过大。因为薪水太低，所以滋生了官员的贪腐心理，造成了如今的贪腐现象。

“有识之士”们思考如何治理腐败的逻辑，大致也只能来源于西方。中西方文化的最大差异是，西方惯于头痛医头，脚痛医脚；中国则头痛医脚，脚痛医头。一个是强调单纯的逻辑推理，一个强调综合的整体治理。高薪养廉的说法自然归类于头痛医头、脚痛医脚的范畴了。然西方真正实施高薪养廉的国家微乎其微，这似乎也大大出乎“有识之士”的意料。有人说，看看新加坡治理得多好啊，多么清廉啊，那就是高薪养廉的典范哦。可新加坡的“高薪阶层”加起来，从总统、总理到部长也不过30多人。而且促使这30多人“高薪”的真正原因，也不是为了所谓的“养廉”，而是精英政治体制的需要。新加坡为了吸引优秀人才来管理国家，突出精英政治思路，遂采取了对人才的高薪承诺，并以法律的形式加以保障。但是近来的新加坡，也越来越感觉到这种高薪机制的种种弊端，正在努力设法加以改变，要对“高薪”施以刀砍斧斫，大幅裁减了。

也足以让“有识之士”们大为惊诧的是，目前世界上最廉洁的10个国家，包括丹麦、芬兰、新西兰、新加坡和瑞典等，其公务员的工资也只是相当于或者略低于国家从业人员的平均工资。看来，这“高薪养廉”的说法，连西方也毫无市场了。著名作家二月河在各种场合，反复论述过“高薪养廉”的荒唐性。他说：“低薪肯定不养廉，但是高薪未必能养廉。”其理由是，人的欲望永无止境。并辅以例证，中国古代官员俸禄最高的是宋朝。宋朝“公务员工资”是清朝的10倍，汉朝的6倍，他以包拯为例解释，换算成如今的货币，包拯的年薪能达到650万。“可见这么高的工资，宋代也就养出了一个包公是清官，更多的官员是贾似道、高俅这样的。宋代的国民GDP和文化等都达到了鼎盛，但也是我国最腐败的朝代。”二月河也强调：中国历史上高薪养廉从没成功过。

高薪养廉的逻辑也实在荒唐。倘若官员有了高工资便不再贪腐。那么，贪腐的官员们也会在贪了一定的钱之后便不再贪腐了，在搞了第一个情妇之后，便绝无第二个、第三个了。可是让我们大跌眼镜的是，所有的贪腐欲望和贪腐行为一旦启动，便永无休止。贪的越多越想贪，占的越多越想占，情妇也是多多益善，玩不够，情难尽。久而久之，贪腐变成了自觉行动，想停都停不住，直到坠入万丈深渊。

几乎所有被绳之以法的贪腐官员，都在法庭供述中一把鼻涕一把泪地说，自己能有今天，都是因为诱惑太多，加之自己放松了思想改造，放松了理论学习等等。言辞有些千篇一律，有些冠冕堂皇，也有些丢不掉的官腔。但是有一点我们似乎无法忽视：所有的贪腐官员，其道德沦丧之程度、道德滑坡之速度，无不让国人惊骇瞠目。道德何以沦丧到身陷囹圄、身败名裂的地步？聪明的“专家”们大概能说出一百个、一千个，甚至一万个理由。而智商远低于“专家”的老百姓们，只能齐刷刷地道出一个理由：不知廉耻。这个世界很奇怪，有时候一群“专家”的理论，抵不上一个老百姓的俗语。“万事书中出”有时也不太灵验了，“万事看百姓”还着实靠谱点。《晋书·郤洗列传》中有句话：“廉耻之于政，犹树艺之有丰壤。”若按古代先哲的观点来推论，如果种植树木连肥沃的土壤都没有，那么这些树，要么半死不活，要么全部死掉。做官的要是都没有了廉耻，这政党、这政权就会萎靡不振，摇摇欲坠，迟早要完蛋。

现在的“大老虎”动辄贪腐数以亿计，尚且无厌——你给他们多少高薪才够？既然高薪无法养廉，还是在根子上下下功夫吧。备受中国历代政权所推崇的孔老夫子说过：“临官莫如平，临财莫如廉。”如果我们时常能抽点时间，安静下来，让灵魂与古代圣贤对对话，让思想与古代圣贤握握手，真正做到爱学习、读经典、知廉耻、晓大义，就会“文臣不爱钱，武臣不惜死，天下太平矣”。

当官到底是为了什么？究竟是谁让我们当的这个官？这个问题不搞清楚，再读书也没用，贪腐问题也无法根治。过高的薪水，除了加重人民的负担，对于治理腐败，根本无用，套用民间的一句俗语，只能是“肉包子打狗，有去无回”。

（2015—3）

“领导认可”认什么？

郭庆晨

在我的印象中，一个人能够被领导认可是一件让本人骄傲，也令旁人羡慕的事。一个人的价值几何，不是由自我来评价的，而需由公众认可、社会公认才行。而公众、社会是由各色人等组成的，其中领导者的评价占有举足轻重的比重。所以，被领导认可也就在很大程度上成为一个人被社会认可的标志。

曾几何时，领导认可发生了蜕变，领导认可与公众认可、社会认可各执一端甚至背道而驰，此时领导认可的意义便在会在公众的心目中发生颠覆性的变化。

这样讲不免有些泛泛，还是讲几件具体的吧。

河南省周口市扶沟县检察院原检察长薄玉龙，曾因向原上级检察长行贿和介绍贿赂被免职，但不久后即被重新起用为周口市人民检察院反渎局政委，从而引发公众质疑。对此，薄玉龙称，免职又被重新起用，是因为领导认可他曾经的工作表现。

开封市交通局运管处处长傅寿光，虽然只是个副处级，却是交通部门所辖富得流油的“肥缺”。因为身处脂膏好自润，他成了女人多、钱多、车多的“傅三多”。而就是这么一个人，却得到了时任开封市领导的赏识。赏识的最突出的例证，就是答应傅寿光提出的要求，对他进行破“格”提拔。即在不调出运管处的前提下，将傅寿光提拔为“正处级调研员”，使傅寿光达到了既能由副转正，又不离开运管处，双重好处兼得的目的。

诸如此类的“领导认可”，还可以举出许多，恕我不再一一。

人们不禁会问，这些领导“认可”和“赏识”的是什么？显然不是能力和水平，更不是品德和操守，而是贪腐和受贿，是不该“多”的那“几多”。看来，领导的认可和赏识虽然还在，可领导的“认可”和“赏识”的内容出了问题，就像是小品《不差钱》里的小沈阳穿的七分裤——跑偏了。这时候再来看领导认可，人们便不仅不会称道，更不会羡慕，而是很有些愤愤然嗤之以鼻了。

领导的认可和赏识，历来是发现人才、擢拔干部的重要途径。在干部使用和提拔上，领导者的看法所以占有很大的权重，是因为领导者有较高的素养，也有较高的觉悟，认识问题和观察问题的能力就更不用说。可不知从何时起，这种情况发生了变化：一些领导者观人看事的立场变了、角度变了，思想感情也变了。他们不再是站在党和人民的立场上看一个人的长处和短处，而是站在与自己的利益相连的利益集团的立场上。这样一来，南辕北辙、缘木求鱼也就成了不可避免的事。正因为如此，像薄玉龙、傅寿光那样，虽然干下贪腐的丑事，却仍被领导认可和赏识，乃至像一些贪官那样，虽然自身腐败不断升级，却能够在领导的关照和庇护下边腐边升，也就不再是什么新鲜事。

于是乎，人们便有理由用怀疑的眼光审视领导认可，甚至将关注领导认可的目光转向认可领导——在领导认可之前，认可干部的领导先要得到下级和群众的认可，否则，领导认可便一文不值。也是，如果你的人格和觉悟水平受到公众的质疑，又有什么资格来评价干部、认可干部！

话是这么说，可实际上却很难行得通。这是因为，在领导者倒台之前，只要当一天领导，认可和赏识干部就是他无可争议的权力，而且会将这种权力运用到极致、无以复加。而发现并确认他错误认可干部、不当提拔干部之时，早已事过境迁，错误已经酿就，危害已经造成，损失无以挽回。

所以，建立健全认可领导的制度和机制，最大限度地发挥公众对认可领导的作用，并不断增加群众认可领导的权重，才可能有效地限制乃至遏制领导认可的误区和歧路。理由很简单：毕竟，群众的眼睛是雪亮的，决不能让这种重要的社会资源弃之不用就是了。

(2015—3)

“不”字小析

郝中实

“不”，在现代汉语中，笔画不多，使用频率高，且内涵丰富，基本意思和英语中的“No”差不多，但细琢磨起来，大概又是世界上许多语言难以比拟的。说“不”，在现实生活中，常常是一件不易把握的事情。该说“是”的时候，不能说“不”，反之亦然。难的是恰到好处。有感于此，便想对“不”字做点分析。

《现代汉语词典》明确规范，“不”用在动词、形容词和副词前面，可以表示否定：不去、不能、不多、不经济、不一定；加在名词或名词性词素前面，构成形容词：不法、不规则；单用，做否定回答；还有和不同词语组合，表示不相干、表示选择、表示不能达到某种结果，用在句末表示疑问等。

每个人每天不知要说多少次“不”字，很难想象如果只说“是”，不说“不”，生活会变成什么样子？央视崔永元搞了个节目叫《谢天谢地你来了》，用不能说“不”字考验各位参演嘉宾，还要演绎得合情合理，很有趣味，但移植到生活中却不免处处碰壁。

由“不”字参与构成的现成词语，在《现代汉语词典》中是词条最多的之一（与“一”字不相上下），约三百多个。闲暇时翻翻，还真是学有所获，受益匪浅。表述不同内涵，不同情形，用带“不”字的词常常简练而准确。比如说心情忐忑，有“不安”；说没有能力，有“不才”；表示不自量，有“不揣”；形容不可预料的，有“不测”；形容来不及的，有“不迭”；形容不随便、不马虎的，有“不苟”；形容不如愿、不成功的，有“不遂”；形容做事非常容易，有“不费吹灰之力”；形容见识短浅、狂妄自大的，有“不知天高地厚”；比喻不达目的不罢休的，有“不到黄河心不死”；比喻不到彻底失败的时候不知痛悔的，有“不见棺材不掉泪”……而——不成话，不成文，不得已，不对劲，不摸头，不名誉，不见得，不过意，不经意，不开眼，不像话，不足道，不自量，不尽然，不大离（儿），不对茬（儿），不拾闲（儿）……三字词语中也随处有深意，常思“不贰过”，免走“不归路”，都足以让人警醒。

相比较而言，带“不”字的四字成语数量更多、更见深刻。其中，“不”字成语有显示个人修养和境界的：不愠不火，不偏不倚，不卑不亢，不差累黍，不耻下问，不为已甚，不落窠臼；有批评浮夸和浅薄的：不学无术，不经之谈，不着边际，不痛不痒，不自量力，不甚了了；有适用于抨击不正之风和描述造成恶果的：不劳而获，不择手段，不义之财，不可告人，不可救药，不可收拾……尤其是“不……不……”句式的成语，用于警示这样的人更加贴切：如个别领导干部对党的方针政策不清不楚，理解不深不透，对人民群众的愿望要求不闻不问、不理不睬，以至学习上不求甚解，讲话时不知所云，违章甚至违法办事可以不假思索、不可理喻……他们给党的事业造成损失也就不足为奇了。这样的事例近些年不时出现、不胜枚举，应该引起足够警惕。

小析“不”字，饶有趣味。“不”字常用，却不是每个人都能用对用好。对领导干部来说，把握说好“不”字，是对领导干部思想境界、执政能力、工作作风、廉洁自律等多方面的检验和考量。特别是在为实现中华民族伟大复兴的伟大梦想奋斗中，知道需要做什么和不能做什么尤为重要。切记：不动摇、不懈怠、不折腾，这几个“不”字言简意赅，更应该坚持不懈，身体力行。

(2013—1)

游戏公署

焦　加

古代衙门也有上下班时间，大约不出辰时（上午七点至九点）上班，晡时（即申时，下午三点至五点）下班，与如今朝九晚五差不多。为了保证官员按时上下班，甚至还建立了考勤制度。清朝初年，国家官吏实行坐班制，每日办公都在衙署。但到乾隆年间，坐班制渐渐懈弛，“重臣兼职者多，遂不恒（常）入署。而阅折判牍（处理公务），移于私宅”（《天咫偶闻》）。有鉴于此，清政府在国家机构中设置了“画到簿”，以司考勤，有点像如今“打卡”。

现代有机关病，古代也有衙门病。坐班时间，官吏在衙署下棋、打牌（易中天先生戏言“玩电脑游戏”）大约时有发生。北宋黄庭坚有言："尺璧之阴，常以三分之一治公家，以其一读书，以其一为棋酒，公私皆办矣。"（据《四友斋丛说》）后两个三分之一当不在八小时之外，因为"尺璧之阴"并不包括睡觉时间，若在睡觉之外再分三个三分之一，则棋酒和读书难免挤占办公时间。唐代杭州刺史李远有诗云："青山不厌千杯酒，白日唯消一局棋。"果如此，公务将置于何地？难怪唐宣宗说："如此安能治民！"（《侯鲭录》）

清顺治年间，苏州文人袁晋（即袁于令，著有《西楼记》等传奇）任荆州知府，纵情诗酒，不理公事。监司（按察使）委婉地批评知府衙门在办公时间下棋、赌博，进行与公事无关的活动，说："闻公署中有三声：弈棋声、唱曲声、骰子声。"（《丹午笔记》）袁知府不服气，反唇相讥道："闻明公署中亦有三声：天平声、算盘声、板子声。"此"三声"暗示监司衙门存在贪赃受贿、刑讯逼供等行为，比知府衙门的"三声"性质更加严重。监司当然咽不下这口气，上章弹劾袁知府"大有晋人风度，绝无汉官威仪"，袁知府因此丢官。

清代笔记《志异续编》记载了一则游戏公事的趣闻。一位进士出身的县令和他的幕友（师爷）在公署玩纸牌，发现少了一张。县令怀疑被牌友藏了起来，逼迫在坐者除帽解衣，逐一搜身，仍然没有找到，众牌友不欢而散。过了十多天，上司发来公文查问："细阅某案详文（上报案情的呈文），并无赌博情由，何来二万纸牌一张？着明白详覆。"县令及其牌友这才恍然大悟，原来，当他们全神贯注于玩牌时，文吏送来一份呈文，大约是案情报告之类，请县令审阅。县令大概还沉迷于牌局，误将一张纸牌夹带进呈文，阅毕封发，自己毫无察觉。出了如此差错，据实上报实在难以启齿，何况还可能受到严厉处罚，只好极力斡旋，找门子送礼托人说情，用去三千两银子才将此事"摆平"。县令倒有阿Q精神，不无自嘲地说："三千金虽失脱，乐得此牌明白。"在县衙上下传为笑谈。

《志异续编》的作者宋永岳评论说："以下事上，原宜敬谨，况属公事，尤当留心。尝见署中因赌博误事者多矣，三千金其小焉者也，可不戒哉！”赌博误事者已属“多矣”，上班时间在衙门游戏公事的行为就更不用说了。

清朝距今不远，这种遗风很容易流传下来，特别是纸牌和“方城之战”，不仅没有失传，而且近年来愈演愈烈。社会上的风气必然反映到党政机关中来，加之时代进步，现代机关病更加名目繁多，打牌、下棋之外又增加了炒股、网游、网聊等，机关工作人员上班时间进行与工作无关的活动，被撞破、被举报、被曝光的事时有发生，已受到舆论关注，引起党政部门重视。

(2014—2)

给医生一把枪吧

老　土

领导，俺不是代表也不是委员，更不是动辄联名上书的教授，俺就一农民工，但俺还是提、提、提个议：给医生一把枪吧！

俺没喝醉，也没有双向精神障碍。俺可是经过数日的长考，才郑重提出这个建议的。

因为啊，俺看了那天的报纸。上面说了，有个病人，被医院诊断为癌症晚期，她受不了了，穿着病号服走出医院，从过街天桥上跳下去了。跳前，她还发了短信给她老公，称“受不了以后漫长的痛苦了”。她老公就把医院告了，说贤妻之死，主观上那是自己跳的，但在客观上呢，医院没有尽到其应尽的护理义务，疏于管理，任由病人出入医院，理应承担一半的损失。医院说了，入院时，已以书面形式告知患者本人及家属，医院规定住院病人不得随便外出。患者治疗期间病情平稳，医院已经尽到职责。而且呢，医院门口设有患者禁止外出的警示牌，但患者外出买报纸或者散步的事也是有的，“我院不是精神病院，无权强行要求患者禁止外出”。再说了，患者自杀当晚，她有家属在陪护呀。

人死是大事，俺也心痛。但俺还是觉得，这医院也不好弄：医院的职责是治病，病人要想轻生，医院那是没、没、没招啊。譬如说，开车上路，你没尽观察避让职责，撞了人，那是交通事故，你有责;要是有人想自杀，拿头去撞你正常行驶的汽车，那你没责！因为那、那就不是交通事故了，那就是刑警的事了！

俺是看多了医院这么被动这么无奈，才提这个议的。领导您没听说吗，“医闹”，那可是这些年响彻南北的热词啊。2006年，媒体报道说，“广东医院上半年遭患方‘暴力索赔’两百起”，“昆明出现职业‘医闹’，多次集体在医院闹事索赔”，2008年，深圳一家医院，因病人家属屡屡大闹医院，医生护士头戴钢盔上班。虽说这有些黑色幽默有些恶搞，但不难得出的结论是，医院那是没招了，你在人们心中已不是白衣天使了，都快被说成是白衣刀客了，人人皆曰可杀，你找谁诉苦去？使点气子罢了。

当然了，现在的医院问题多啊，人民不满意。可谁都会有个头疼脑热，医院那可是事关人民生命健康，总得办哪，医院成了是人都想挖一口的唐僧肉，成了爹不疼娘不爱的二赖子，那最后吃亏的不还是咱自己么？

领导，俺是这么想的呵。那天的报纸上说了，昆明，有一四川民警来公干，酒后与酒店工作人员吵架了，拔枪打死了一个保安；今日，又看到一则消息，还是昆明：有一城管上厕所，因没穿制服，大爷要收他三毛钱。他说：“我是城管！有协议，可以不交钱！”大爷回他：“多大个城管！”这便衣说：“你骂我可以，不要骂城管！”于是一个电话，召来了几个穿制服的真城管，把大爷厕所里的摊子砸了。记者来采访，城管的头儿还推呢：穿制服的多了，不一定是我们单位的！

牛吧，领导？好男儿，就得在这种地儿干哪！惹俺，俺给你一枪！惹俺，俺是执法机关，砸了你，你自个儿哭去吧！俺有这个权力，俺可以开车闯红灯可以随时随地停车，俺可以吃饭不给钱唱歌不买单，交警挎冲锋枪，巡警开装甲车，想咋着咋着，这是特权！特权哪，晕！

领导啊，你想想，是公安重要城管重要还是医院重要？依着俺说，您给医生一人一把枪，再给医院弄个派出所，多好？

(2013—3)

且看“群众不满大整顿”实例一则

李培禹

“群众不满大整顿”，读起来有点费解。容我把这挂在通州区焦王庄派出所接待室墙上的大标语写全：“认真落实‘执法不公群众不满大整顿’工作要求，实现首都公安两最工作目标”。哦，明白了，要大整顿的是“执法不公群众不满”。看到这醒目的口号，您一定也会和我一样：赞一个！

然而，昨天下午发生在这大标语下的一幕，让我凉透了心。我是不经意间走进派出所的：路上，一个急匆匆的中年妇女问我焦王庄派出所在哪？我看她焦急的样子，就让她上车顺路搭她一段。原来，她骑电动三轮车去学校接女儿，车被几个人扣下，装上一辆执法车拉走了。她说，我是从安徽来北京做保姆的，用攒了多年的四千多块辛苦钱买了一辆电动车，只是接送还是小学生的女儿，绝没拉过黑车。给他开“条儿”的人告诉她，下午到焦王庄派出所接受处理。她赶紧回家凑了几百块钱，希望能把电动车“赎”回来。

就这样，我和她一起走进了人民公安派出所。

我怎么也没想到，到了派出所不一定能见到民警。一位协警看了一眼“条儿”，让她到一边等。早已有几个也被扣了车的民工、农民也在那等。等了多时，没人搭理。终于一位穿警服的民警露面了，却指着墙上一堆民警的照片说，你们认认是谁扣的你们的车，然后找他要去。这哪认得出？那警务人员说，看看谁开的单子？认字和不认字的都赶紧看“条儿”，只见签名处字迹十分潦草，连个姓都猜不出。目睹此景，我实在看不下去了，就按单子（《北京市通州区城市管理综合行政执法监察局提取证据物品书》）上留下的电话打过去，始终无人接听。我请协警联系派出所所长或政委，被拒。亮明身份后，终于有人接电话了，他先说领导都不在，这次是公安、城管联合执法，可能车都弄到停车场去了。那儿和派出所没关系，所以我也不知道停车场在哪儿。我问，那为什么叫他们到这里接受处理，七八个群众不会都听错吧？对方已有点不耐烦了。我责问，你们不是正在开展群众不满大整顿吗？你们不怕群众投诉吗？他说那你就打吧。我按照接待室标示的投诉电话号码18210417211多次拨打，一直到晚上9点多仍抱着一线希望反复拨打，得到的回音都是“您拨打的电话已关机”。

真是无助！无奈！如果不是亲身经历，实难相信这事发生在首都北京啊！

我用手机拍下了十分醒目的标语口号：“认真落实‘执法不公群众不满大整顿’工作要求，实现首都公安两最工作目标”。我要问一声：“大整顿”的工作要求是谁提出的？首都公安的“两最”工作目标到底是哪“两最”？焦王庄派出所以及城管部门的负责人，请你们出来做个解答！“认真落实”，你们是落实在为群众服务的行动上，还是把它高高挂在墙上？

有人会说，我们严格执法，他们都是错人。同志，请允许我讲一个你们民警同行的故事。无锡市公安局滨湖分局雪浪派出所的民警，在一次抓盗行动中，发现一个年轻人是为了饥饿的女儿去偷，他们没有简单结案。民警们把曾被开水烫伤落下残疾，年仅5岁的小罗莉抱回所里，所里的三位女民警都成了她的妈妈。我见到小姑娘时，她快乐地叫着三位妈妈的名字，让人动容。我问起小罗莉的父亲——那个罪人。所长说，小汪啊，他已痛改前非，在我们帮他联系的一个工作岗位上干得不错。我忘不了这位所长的一句话，我们懂得法不容情，但我们更不能忘人民警察爱人民的社会担当！

夜深人静，难以入眠。那些因要接受处理一直等在派出所的安徽保姆、农民工、当地居民，他们能找到给他们开“条儿”的人吗？他们能认识错误后“赎”回被扣的电动车吗？这个寒冷的夜晚，有人想到他们的心有多冷吗？

(2015—1)

鸡犬升天之后

李志远

鸡犬可以升天吗？当然可以，这有事实为证。相传，西汉淮南王刘安，悉心学道，终于修炼成仙，成了仙，就会升天。而在其临升天的时候，鸡犬吃了放在庭院里的丹药，因此也都升了天。就这么简单。无怪乎庞树柏有诗曰："鱼龙作戏终归幻，鸡犬升天本未难。"后来，人们便以"一人得道，鸡犬升天"，来比喻不三不四之辈的跟人得势。

我感兴趣的倒是，鸡犬升天之后，究竟干什么去了？情况怎么样呢？这个问题，使我纠结了多年，直到最近，才算有了明晰答案。

却原来，鸡犬们交了桃花运，都当了官，有职有权又有势。具体说，就是：鸡当了粮库主管，犬当了警察队长。虽然官阶都不算高，却是长期以来人们趋之若鹜、一心向往的啊！

只是，这鸡和犬，都不是那料儿，纯属赶鸭子上架，所以，各有苦衷，私下里也互相说说心里话。

一天晚上，鸡悄悄对犬说：“犬弟呀，说实话，除了鸡鸣狗盗那点事儿，咱还会干啥呢？如今让我当粮库主管，既管人又管事，可我，不懂不会，怎么弄呢？管不到点子上，因此笑话不少，难堪多多，实在是管不了、管不好啊！唉！你怎么样呢？”犬故作镇静地回答：“鸡老兄，你的心情我理解，咱是同病相怜，我也是管不了、管不好啊！怎么办呀？只能哼哼哈哈应付差事了。还能怎样？”鸡最后说：“对、对，有时还得不懂装懂，反正工资不低、待遇不错，混天便是！”

鸡犬们，虽然干不了、干不好，但以权谋私起来，却颇为在行，邪乎得很哪！

先说这鸡。在当粮库主管期间，粮库里的粮食，供其全家大小鸡们白吃养肥了不说，重要的是，监守自盗，擅自运上市场，挑着“薄利多销”的幌子，欺行霸市，压倒所有的竞争对手，独占鳌头，一下子垄断了粮食行业。于是，它发了，阔了，成了远近闻名的大款、大亨。于是，高级轿车、高级别墅以及二奶、三奶和小蜜等等，一应俱全，还在各地银行存款多少个亿呢。于是，连续几年，荣登“天下富商榜”，而且排在前一、二名，风光至极，得意至极。

再说这犬。警察队长也是个肥差啊！人们说“警匪一家”，一点没错。人们说他们“吃了原告吃被告”，也一点没错。因为，这些，都在犬那儿得到了充分印证。这犬队长，对违规违纪者，不管不教，一罚了之，而罚款如数归己；对杀人越货者，不走法律程序，而是私下摆平，收得的所谓“好处费”，也都进了自己腰包。如此一来二去，这家伙也发了。至于其家产价值几许，详情尚未披露，但据明眼人估算，绝对不在那鸡之下，至少也与鸡打个平局吧！

听说，而今眼目下，天上也在反腐，而且，搞得热火朝天、风生水起。却不知，鸡犬们的命运如何呢？进去了，还是徘徊在局子门口提心吊胆呢？但无论怎样，有一点可以肯定，这鸡犬，最忧心的，除了自身而外，还有赖以升天的得道者。那么，当年的一荣俱荣，现在会不会一损俱损呢？……

(2015—1)

惊险的一跳

——为什么不能用诗作报告

梁　衡

报载某地开人大代表大会，所作的报告却是一首五言长诗，凡6000字，一韵到底。这到底是工作创新还是亵渎职守，媒体议论纷纷。深究其理，值得玩味。

我们先分析一下“形式”。形式与内容本是对立统一，合作共事的。但是人们常记住了“统一”，忘了“对立”。原来形式本身有独立存在的价值，比如诗歌这个形式，就有句式、节奏、音韵的美，这是形式的资本，所以它总时时想逃离内容，闹独立。就像一个美女，不想与穷汉厮守，总想换一个大款过日子，她有这个本钱。这就是为什么年年反形式主义，却总是反不掉，就如年年扫黄，总是扫不尽，本性使然，规律所在。形式爱表现，但它自己不能实现，必须借助于使用形式的人。天下的人可分两类，一类是干实事的，虽也会用到形式，但内容第一。如经商、从政、军事等等。另一类是玩形式的，专门开发形式的审美价值，如音乐、美术、语言等艺术家，形式第一。人各有好，术有专攻，本无可厚非。但最怕的是，乱了阵营。你是要干事还是要从艺，鱼和熊掌不可兼得。比如，宋徽宗、李后主，本是当皇帝的，但坐在龙椅上不办公，一个爱画画，一个爱写词，虽也出了名，但都成了亡国之君，当了俘虏。还有那个爱作曲、会编舞的唐明皇，也招来了天下大乱，自毁江山。我们的干部总是分不清自己的身份和责任，想要两头沾，既当宋徽宗又当唐太宗，既做政界的艺人，又做有才的官员。无数事实证明，于公，这是亡国之象；于私，这是身败之症。只有放弃一头，才能保住一头。共产党第一代领导人中，有大才艺的人很多，但他们都知道孰轻孰重，毅然割爱才艺，献身革命。陈毅参加革命前先参加了文学研究会，曾与徐志摩论诗；张闻天是第一个发表长文把诗人歌德介绍到中国的人；周恩来的话剧才能更是尽人皆知。但他们都不敢“以才害政”，也从不借政坛炫艺。再说形式与内容搭档也是有一定之规的，就像穿衣服要讲场合，或可称之为“形式伦理”。如果是纯玩形式，有艺术界的行规；但要做事，特别是政事，就有政界的规距：以事为主，选取适当形式。什么叫“适当”，突出内容，淡化形式。比如穿“三点式”是健美比赛的形式，为突出肌肉的美；穿古装，是演古装戏的形式，为突出古典氛围。政治报告重在时政阐述，要严肃、鲜明、直白、缜密，用长于浪漫、抒情、吟唱、夸张的诗歌形式去表现，就像参加晚宴时穿着古装或“三点式”，那是怎样的一种尴尬。就是单从语言表现来说，诗歌有格律管着也不能尽达政治之意。闻一多说写诗是“带着镣铐跳舞”，用诗去作政治报告则是镣铐之外又加了一层面具。比如，这篇6000字的报告，一色五言，一韵到底，你就是想“此处有掌声”也会受到一层限制。历史上曾有人以诗写论文，唐代的司空图用四言诗写了一本《二十四诗品》，是学术名著，但也没有超出以诗说诗的范围。现在以诗来写政治报告，这确如马克思所说，是“惊人的一跳”。形式是有逃离内容的本性，其实还是因为背后有一双看不见的腿，有一个不专心正业的人。奇怪，在其他行业，如商业，就没有人敢用诗歌来签合同；军界也没有人敢用诗歌来下命令。因为，一是他的权力有限，二是立即就会碰钉子。而政界却能出这种怪事。这也从一个侧面说明我们政治的不成熟。

2015年2月19日，大年初一

(2015—2)

用火繁衍的生命

陆士华

常言道："万物生长靠太阳""雨露滋润禾苗壮"，没有人怀疑过这两句话的疏漏。大约很少有人知道，有一种树是要依靠火获得再生的，它要靠火为之催生，靠火为之播种，靠火为之营造生存的环境。这是生长在美国黄石国家公园的一种松树，它的名字叫扭叶松。

扭叶松是美国黄石国家公园的主打树种，也可以说是公园的"招牌"树种。黄石国家公园是美国的一个火山地貌的地质公园，总面积约8956平方公里，大约相当于半个北京市的面积。这样大的公园，85%覆盖的是森林，而在森林中80%以上是扭叶松。扭叶松是这片山林的霸主，它在山林之中葱茏而立，骄傲地换代更新，信心十足地稳步推进自己的领地。扭叶松所以能在黄石公园成为山之骄子，就是得益于火。

在世人眼里，山林起火总是一场灾难。在人们奋力扑灭山火之后，论及的总是损失。而在黄石公园，常常是人为地制造山火。我们到黄石公园游览，时逢8月。夏季的黄石公园，处处生机勃勃，不料驱车进入公园不久，便远远地发现山水之间有轻烟扶摇而上，烟幕在湛蓝的天空之中格外醒目。我们立即意识到是发生山火了，这多少令我们有些紧张，并有些迷茫。脑子里闪来的念头是：诺大一个公园，有没有人会报警？公园管理人员是否已经在处置火警？说来也巧，车行不远，发现路旁有一个告示牌，这告示牌竟是通告游人，发现山火不必惊慌，也不必报警。山火是人工点燃的，有公园管理人员看守。

居然如此！原来，这山火就是为扭叶松而放的。

扭叶松有一种奇特的生存技能。它为了适应间歇性的山火，生长了两种传宗接代的球果。一种是开放性的球果。这种球果在成熟的时候，会自然开裂，把种子散落在地上。在密集的林子里，这样的种子大部分的遭遇，是在缺乏阳光的土壤上默默地沉睡下去，或腐烂消失，或被山火吞噬。只有少数幸运儿，碰巧落在树冠稀疏的地方，因为能获得阳光的照射，才侥幸地得以生根发芽。

以这种繁衍方式在黄石公园里生存，无疑是一种听天由命的生存状态。像公园里的美洲云杉和亚高山银杉就是如此传宗接代的。在大自然残酷的竞争之中，它们只能节节败退，难有招架之功。

而扭叶松则不然，它还有另一种球果，时时待机而发。它的这种球果，是被树脂包裹的。球果的这层保护外衣，需要110多度的高温才能熔化。当疯狂的山火狰狞地扫荡松叶和充满松脂的树皮时，这些松果不过只烧焦了外壳。一旦烟火散尽，那些蹲在果壳里的宝宝即脱壳而出，把生命布满被山火扫荡干净的肥沃的土地上。

扭叶松就是靠着这种生态策略，唱着生命之歌，向一个山头又一个山头挺进，将它的子孙均匀而稠密地分布在黄石公园，把整个公园变成了自己的王国。

毗邻黄石公园南端的大提顿国家公园，也是一个风景迷人的所在。许多人到黄石公园看过后，会顺便驱车去大提顿看上一眼。大提顿的山与黄石公园的山连绵相接，大提顿峰的大部分区域就位于号称“美洲脊梁”的洛基山脉内。到大提顿公园，我们看到路边的一个导游图，上面介绍了山火对于大提顿生态的重要性。

1972年，雷电引发了大提顿的山火。当局此时已对灭火有些迟疑不决。然而，在当地居民的强烈要求下，当局还是不得不投入大批力量把火灭掉。但是，不久人们发现，没有过火的山林，植物的生长状态明显不好。病虫害肆虐，树木无精打采，整个山林都被一种病态所笼罩。人们这才确认，是火的消失，使山林失去了活力。当局用了50年来消灭大提顿的山火，然而，当这一天终于大功告成时候，却发现这50年花费的全是无用之功，甚至是有害之力。

山火不仅对扭叶松来说不可或缺，就是对动物来说也必不可少。人们调查得知，因火灾造成公园动物死亡的数量实际上并不多，比如1988年黄石公园的一场特大山火，造成公园里加拿大马鹿的死亡数量，仅仅是全部生存数量的千分之五六。而生存下来的动物却明显得益。因为山火消灭了山林的病虫害，更新了山林，为动物们提供了更加丰富、健康的食物。

人们总是按照自己的意愿来改造大自然，因而很容易伤害大自然。而最终被破坏的大自然，又会反过来报复人类自身。这种恶性的因果关系，往往出乎人们的意料。在黄石公园满眼挺拔、苍翠的扭叶松面前，你有时会嘲笑人类在大自然面前的自作多情。在大自然面前，人类有时竟会如此浅薄！

(2014—3)

“老焦”没死

毛晓刚

50年了，兰考人还是习惯把焦裕禄叫做“老焦”，一说起什么事来，往往是当年老焦如何如何，透着一股子自家人的亲热劲儿。在很多老百姓心里，老焦这样的人永远活着。

老焦这样的人，首先是一名共产党员。他自己这么定位，组织也这么认为，合钉合铆，不打折扣。习近平总书记日前又到兰考，把这个“焦裕禄同志工作和生活过的地方”作为自己的群众路线教育实践活动联系点，坦言“希望通过学习焦裕禄精神，为推进党和人民事业发展、实现中华民族伟大复兴的中国梦提供强大正能量”。总书记眼里，老焦同样没死，“过去是、现在是、将来仍然是我们党的宝贵精神财富，我们要永远向他学习”。

总书记眼里的老焦，跟老百姓眼里的老焦，评说的层次和角度虽然不太一样，但实质上差不太多，有最大公约数。从上到下，从下到上，都认可他全心全意为人民服务，都认可他坚决不吃别人嚼过的馍，都认可他在困难面前逞英雄，都认可他任何时候都不搞特殊化。老百姓拿这面镜子去照党员干部，总书记也拿这面镜子去照党员干部，老焦没白活。

中国自古以来，就有埋头苦干的人，有拼命硬干的人，有为民请命的人，有舍身求法的人……鲁迅先生称赞这些人是“中国的脊梁”。你说老焦算不算脊梁？老百姓肯定说，什么叫算？就是！他俯下身子给人民当牛马，他活着就是为了多数人更好地活，这样的人，群众把他抬举得很高，很高。这样的人，虽然死了，他还活着，人民永远记住他！在老焦生前身后，这些道理都是实实在在的客观存在。

有的人却专要挑刺。一说，焦裕禄如此高大全，不过是宣传需要，政治需要。一说，此人之所以能赢得生前身后名，无非源于“了却君王天下事”。近年来，因着互联网的普及，“键盘党”里还真不乏这样的说法。

无耻啊，无耻！老焦其人其事，亲历亲见者众，遗迹资料更多，只需去兰考走一走、看一看，听一听、问一问，也不敢信口雌黄吧。确实人无完人，但英雄模范必须得公认公允，老焦没有群众的口碑，又怎能担起县委书记榜样、全党榜样的奖杯？至于“了却君王天下事”，无非是在嘲讽老焦说过“我是毛主席派来的”，进而腹诽开国领袖的治国理想；却不知，老乡们那一声“老焦”不是瞎叫的，实在是他跟老百姓亲如一家，是他全身心去了却百姓事，而这种鱼水情和担当义，与领袖的执政思维是高度一致的。今天的“键盘党”，既不相信那时候“大公无私、舍己为民”的县委书记，也不相信那时候“天下为公、上下一体”的共产党人，实在是对历史无敬畏，对信仰无信念，更重要的是，对人民无遵从。老焦有焦桐作证，真金不惧众口，铁骨哪怕毁销，关键是老百姓不答应哪！

不过，“键盘党”终究有一桩说得有点对，那就是关于现状。今天的县委书记，今天的共产党员，确实跟老焦那一代有很大差距。骑在人民头上的，把名字刻入石头想“不朽”的，他活着别人就不能活的，不能说多如牛毛，也是屡见不鲜。这些人的下场可以看到，但个人之“死”并不足惜，要害是破坏组织、折腾百姓。害群之马的恶劣效应之大，直让习总书记也担忧“去捡砖的人多啊，今天你拿一块，明天他拿一块，最后塔就轰然倒掉了”。蚁穴之溃，危亡之渐，历朝历代都警惕万分，但能跳出者还无。共产党誓言要“赶考成功”，决不能亏了添砖不止的“老焦”。也正因此，老百姓今天才更念叨老焦。

“老焦”没死，只是活着的还太少。他不能放在陈列馆里，也不能日渐销蚀，他得走进老百姓的心坎，在春风吹到的地方到处生长。共产党人生命力的有无，中国脊梁力量的大小，自我表扬的文件讲话是不足为据的，“键盘党”的诋毁抹黑也是不作数的，要自己去扎根地底下，去深耕地底下。

(2014—2)

成功，压人一头？

毛颖颖

同事聚餐，几位大姐轮番感慨现下培养孩子之难。说话间，一位正好收到老师发来的短信，遂念与大家同听，内容为：今日单元小测验，90分以上的有某某、某某……70分以下的有某某、某某……请家长批评督促，配合辅导。对这种指名道姓、公之于众的群发信息，在座有娃人士皆表示司空见惯，莫说大考小考，就是默写背诵、课堂答问，谁表现得好、谁表现不好，谁排前、谁靠后，各科老师都会天天用短信发过来，在家长QQ群、微信圈里晒出来，让“优等生”和“差生”，“榜样”和“反面教材”一目了然。

不是孩子，不能体会他们如身处《楚门的世界》般被零距离围观是什么感受，更何况，这个世界里还不光有摄像头，更有尺子和秒表，时时刻刻在量高、测速，用大号字发布成绩单、排行榜。但显而易见的是，作为家长，在掌握一脑门子数据的同时更多收获的是浮躁不安，即便自家孩子一直挺稳定地排在中不溜偏上，也要纠结良久：老师没有表扬就是批评，排名没有进步就是退步。

这些年，有个口号越来越响亮，就是不能让孩子输在起跑线上。所谓的起跑线越来越早，孩子会跑的时候送去学英语、练钢琴，会爬的时候送去上益智班都已嫌太晚，备孕、胎教阶段就恨不得先抢跑出去几里地。甭管有用没用，不搞不弄不参与不跟进就显得自己很落伍、很不负责。所谓的起跑线越来越细，孩子任何一点小小的表现，任何一项简单的测验，都能牵动竞争的神经。瞅瞅短信里那些名字和数字，头脑里马上浮现出孩子排不进班级、年级、学区前百分之几几，就与他上不了好初中、好高中、好大学，于是找不到好工作等等恶劣推测联想起来。

漫天遍地的起跑线，意味着无限前移的成功压力和无所不在的竞争状态，这里头包含的基本逻辑，就是一定要处处跑赢别人才算胜利，才会安全，才能拥有好的未来。然而现实又总是非常残酷，一个班上几十号学生，名列前茅的终归只有那么几个，名次平平乃至落后垫底的占大多数。动辄排名、曝光施压的结果，可能是少部分拔尖的孩子因为敲打、刺激、光彩或者偏爱而更加努力、更加优秀，但大部分在排名中处于相对或绝对下游的孩子，那些心理上一次又一次被强化挫败感，得不到悉心耐心关注对待的孩子，则愈发手忙脚乱、喘不过气来。在这种非“优”即“差”，非“赢”即“输”，认为必得压过别人一头才有理由自信、才能感到幸福的环境里成长久了、呆习惯了，很容易犯两个错误——要么轻易地看不起自己，要么轻易地看不起别人。

平心而论，现代社会谁都逃避不了竞争，缺乏任何技能和特长的人很难谋生立足。但具备一定能力，和必须要成为某类人群、某个方面的佼佼者，毕竟不是一回事。世界本参差多态，人亦是各不相同。换句话说，即便我们这一生真的始终处于某种“竞”中，那也更多是在跟自己比较，而不是因为要跟别人去“争”。如果孩子从小接受的信息，就是人与人之间是竞争性关系，且成功的方向只有一个、跑道只有一条，每一点自尊和骄傲都来自于“排在前面”的话，那必然整日生活在超过与被超过的焦灼忐忑中。而走出校园，进入社会，这样那样主动被动的“摸底”“排名”还有太多，比房比车，比职位比收入，都以高下论好赖的话，大多数人的幸福和成就感从哪里来呢？

杨绛有言，“好的教育首先是启发人的学习兴趣，学习的自觉性，培养人的上进心，引导人们好学，和不断完善自己”。言下之意，如果“我要学”是内生的而非驱赶的，是快乐的而非压抑的，这个教育才称得上好。人生恐怕也是如此。只为竞争目的而活未免焦躁，试图憋住气一扎猛子赢到终点，视野心胸也会很贫瘠。慢下脚步，欣赏风景，即便遇见风雨挫折，即便当不了“人上人”，也能积极向上、脚踏实地地做事，安然平和、饶有兴趣地生活，在漫游途中自我发现自我成长，这样的人生，可能比为胜负较劲美好得多。首先把孩子们都培养成健康幸福、自尊自信的普通人，也许没有赢在什么起跑线上，但却守住了最重要的底线。

（2015—2）

从一则寻人启事看“重然诺”

梅桑榆

近日参加北京市杂文学会的采风活动，听到一则“寻人启事”的故事。这则“寻人启事”，曾发表于北京某报，标题赫然写着“寻某某某”，曰：“某某某，曾在某省工作，后调到中央任职……有知其下落者，请与某某联系。手机号……”某某某，大领导也，报纸一出，大领导办公室的人打来电话责问，总编才知出了大错。经追查得知，编发启事者为一新来的年轻编辑，因不知某某某是何许人，故而编发了这则启事。通过电话联系刊登启事者，才知他要寻的大领导在某省工作时，到地方视察，曾接见过他，并许诺以后遇到什么困难，去找他解决。他现在的确遇到了困难，要求助于这位大领导，因不知他住在北京何处，故而求助于报社，并非恶搞。总编打电话给大领导的办公室，解释出错原因，并转达了刊登启事者的要求，办公室主任谅解了报社的工作疏忽，但却拒绝了刊登启事者见大领导的要求，那个“寻人”者花了一笔车旅费和刊登启事费后失望而归。

现实生活中，口头助人为乐，好行善举者何其多哉！朋友相聚，某人言及自己所遇到的困难，另一人则声称：这事没什么大不了的，我来帮你解决。然而，上述人等，说大话，拍胸脯，只是为了显示自己的社会活动能量奇大，并非真的要为他人排忧解难，仅限于出言相助而已，出言之后，他们便将种种承诺抛在脑后。当满心指望他帮助的人，盼星星盼月亮，盼不到一点消息，小心翼翼地打电话或登门探问时，他会一脸茫然地问：“我什么时候说过这话？”或说：“哎呀，真是不巧，我能说上话的某长已经不再分管这事了。”

如果仅是一般好显派要面子，而无啥头衔不任要职的人，随口许愿，乱开空头支票，让指望得其帮助的人希望落空，只是让人觉得他这个人好说大话，吹大牛，言而无信。而那些有身份，有地位，乃至代表组织、代表政府的人若如此，其影响就不再局限于个人了。前文那位大领导，当然和上述人等不同，他的确有能力为人排忧解难，对那位有幸受他接见的百姓的承诺，也很可能是出于诚意，但因贵人事多，故而易忘，又不知受他接见的人姓甚名谁，且不排除出于表示自己亲民爱民而随口许诺，故事后也就把那人忘到九霄云外。那位到北京找他的人，即使不被秘书挡驾，也未必就有时间接见他。不仅这位大领导，很多领导下基层，也爱对有幸见到他的百姓做此类承诺，让人家有困难找他，但听者若是当真，遇到困难真去找他老人家，他却“只在此城中，府上不知处”，即使找到了省府、市府，或他的府上，也十有八九要被保安、秘书、或是夫人挡在门外，最终失望而归。这些失望而归的人，很难没有怨言，回家之后，向乡邻们诉说自己寻找救星的过程，也就成了笑谈。他们免不了要慨叹，那些大官说的话，当不得真。这些领导，代表的是一级政府，如此一来，政府的信誉就要受损。

古语云“轻诺则寡信”，无论官民，随口许愿，做出种种承诺，的确可以令人表示感激，并对他寄予厚望，政府官员对一个素昧平生的小民表示关怀，作出“有困难来找我”的承诺，还可登报纸、上电视，被人赞颂为“亲民、爱民”，但事后若是不能兑现，就会招人报怨，甚至嘲骂。再往大里说，若是政府的惠民政策不能兑现，使对民众的种种承诺化为泡影，那更是让政府的公信力受损。社会缺乏诚信已久，作为政府官员，更应该在匡正世风方面做出表率，对民众“一诺千金”。

(2014—4)

万民把官“送”何处？

潘洪其

万民送官之事，在中国史不绝书。古代官员离任时，老百姓会“自发”聚集为其送行，有时还要向官员送“万民伞”“清官旗”“功德碑”，以表达对父母官的感恩之情、惜别之意。这类戏法玩多了，也难免露出破绽。清朝江苏巡抚张伯行，被康熙称为“天下清官第一”，离任扬州时万民相送，场面隆重之极。但康熙也很清醒，说“夫官之清廉，只可论其大者……张伯行居官亦清，但其刻书甚多，刻一部书非千金不得，此皆从何处来者？”“送官”流风所及，至于近世——1922年12月，日本从中国青岛撤军，当地一班人仿照“旧制”，也安排市民向日军送上“万民伞”，如此万民相送，就是恶俗透顶的闹剧了。

今日之万民送官，仍不乏精彩的桥段。江苏泗洪县纪委书记王守权离任，该县宣传部一名干部发表一篇博客，记载了群众“自发”为王书记送行的感人情景，并附有群众送伞、撑旗、赠匾的照片。很快，网友发现了其中的疑点，所有的锦旗都按同一模式定制，“批发”的痕迹太过明显。河北张北县县委书记李雪荣离任，当地上演万人送行盛况，宣传部门主动发布“经核实”声明，称送行系群众自发，但媒体调查证实，参与表演的秧歌队、锣鼓队事先接到街道办通知，被要求前去为李书记表演送行。最新的万民送官版本，出现在山西大同——原大同市市长耿彦波最近调任太原市委常委、副书记、代市长，一些大同市民聚集在市区东城墙广场、红旗广场等地，以签名、举横幅等方式希望耿彦波继续担任大同市长。

据报道，耿彦波主政大同5年来，一直着力推进大同“一轴双城”的发展构想，力图把大同3.28平方公里的古城恢复到明代的格局，以东城墙外的御河为界，西边建设为旧城，东边建设为御东新区，目前御东新区已建成基础设施先进的新城雏形，古城历史风貌也初步显现。耿彦波离开后，留下新区“六大场馆”和古城在建工程建设等诸多项目，一些被拆迁居民尚未得到妥善安置。原来，大同市民以签名、举横幅等方式恳请耿彦波留任，并非衷心感念他的清廉与德政，而是担心他离任后，旧城新区的建设项目受到影响，居民的实际利益受到损害，因此希望他继续担任市长，避免人走政息。

大同的万民送官新版本，倒是确有一番新意，至少未显露人为组织、导演的痕迹，不过，其中又泛着几分难言的苦涩。多少年来，中国百姓的“清官情结”一以贯之，而今，百姓的期望值降得很低，人们对“清官”的认识，已经从“两袖清风、一尘不染”、“鞠躬尽瘁、死而后已”的圣贤标准，变成“只要能给百姓办实事”的常态水平。在不少人看来，一个官员多吃点拿点不算什么，给配偶子女安排个好差事，照顾一下亲朋故旧的生意，也不算什么，只要他能把手头该办的事情办完办好，能保证百姓的切身利益不受损害，就堪称百里挑一的清官了，百姓就要对他千恩万谢了。较之王守权、李雪荣等被万民相送的官员，这次耿彦波面临着更大的尴尬，因为按照“旧制”的逻辑，万民相送已足以证明王、李等人是“清官”；耿彦波则不同，他似乎只有坚持留任大同市长，才能证明自己是“清官”，但在现行官员选任体制下，他本人显然是不可能这样做的。

“万民送官”戏法何时休？清官也好，贪官也罢，官员的真实面目如何，老百姓除了能感受些许表象，是难有更多知情权和决定权的。正如若批评不自由，则赞美无意义，若百姓无知情权、监督权和选择权，则无论是“箪食壶浆以迎王师”，还是扶老携幼送行清官，都不免陷于轻信与盲从。在现代民主制度下，县长、市长这类地方主政官员，应当通过充分、有效的竞争程序，由当地民众选举产生。百姓只要能够选举主政官员，也就能够掌握主政官员的官帽，抓住主政官员的“鼻子”。主政官员如果清正廉洁、勤政为民，老百姓会视之为当官的本分，无需对他感激涕零、顶礼膜拜；主政官员如果不干不净贪鄙成性，或者好大喜功劳民伤财折腾无度，老百姓也能通过弹劾、罢免手段将他“送”下台，甚至依法将他“送”进监狱，而不必担心拿他没办法。

老百姓既有权把官员“送”上官位，也有权把官员“送”下台甚至“送”进监狱，“万民送官”若能升级换代到这个水平，则百姓幸甚，官员幸甚，国家幸甚！

(2013—2)

“语盲”咋整？

彭俐

文盲可叹，“语盲”可悲。

况文盲大多社会地位卑微，只是不识字而已，影响所及也不过是个人生活、工作。“语盲”则不然，个个身居高位，有权有势，堪称公众人物，识文断字，只是不会用自己的语言讲话，却必得讲话，于是只能像小学生一样捧读“课文”。这“课文”是别人写的，念一遍也不大费事。但听众费时，且一无所获，既得不到讲话者的真情实感，也得不到真心对待。而“语盲”的影响所及，却不只是其个人范围，而是公共领域与公共事务。

呜呼，今日文盲已经越来越少，而“语盲”却越来越多！

咋整？

细细想来，这“语盲”也是疾患者，或曰牺牲者。他们自打在襁褓中咿呀学语，或学得口齿伶俐，或学得表述清晰，长大后虽然断了母乳，本不至于沦落到“语盲”的地步。那么，为什么有些人竟然能开自己的口，却说不出自己的话呢？想必他们内心的压力很大，或压力全无；怕说错话，或不怕说废话。不管是哪一种原因，他们都是无辜，或有责。一个人在众人面前不说自己的话而不自为羞是一种难得的修养，也是一种难以企及的修为，我辈以语不随人、见从己出为原则，恐怕是万万学不会的。

往更深层次想，这些“语盲”一定是没有自己想说的话，又必得说话，才说别人的话。俗话说，骨鲠在喉，不吐不快。哪有人真有一肚子话要说，却还去鹦鹉学舌？“语盲”是被别人的语言绑架的人，是需要我们解救的。“语盲”是情愿被他人的思想左右的人，是需要我们同情的。“语盲”还是被迫让一种无形的枷锁禁锢的，是需要我们哭泣的。

“语盲”咋整？

(2013—1)

“关系”蒙垢

汤华臻

转过年、开过春，求职就业话题迅速升温，连月来笔者时常听到这么些言语：“兄弟，你在某某单位有没有什么‘关系’，帮我侄女介绍个工作？”“唉，好不容易闯到面试最后一轮，被‘关系户’顶掉了。”“关系”，俨然成了高频词。

何谓“关系”？段玉裁在《说文解字》注道：“凡立乎此而交之彼曰关。系，垂统于上而承于下也。”说起来，这个双音节词原始词义相当浅白，就是相互交织、上下衔接之意。它可以用来形容人与人之间的状态，比如父子关系、夫妻关系、师生关系、同事关系、朋友关系等等。人作为一个群体性生物，自出生之日起便具有交往需求，因血缘、志趣等不同，生活在各种各样的关系中，是一件再平常不过的事情。

然而今天，“关系”的能量却相当之大，且涵义非常之“深”。其一，有无“关系”大相径庭。有者洋洋得意，自以为揣着法宝，无者则暗自神伤，似乎低人一等。其二，“关系”硬不硬颇有讲究。硬者底气十足，走起路来那都是八面威风，不硬者则多少有些谨小慎微、畏手畏脚。于是乎，很多人热衷于攀龙附凤，醉心于结交名流，在编织关系网上不吝花费财力、物力、精力。曾经红极一时的主持人芮成钢可谓生动典型，遗憾的是最终虚幻的关系并未助其平安。

“关系”拥有多大驱动力，意味着蕴含多少玄机。揭开来往密切的表象面纱，“关系”能调动的社会资源如何，绕过规章制度、法律条文的捷径通否，暗箱操作的能量多大，才是人们真正关注的实质。汲汲于此道的人，不说都是为利而往、利欲熏心，至少也是相信明法不如潜规，试图通过非正当途径占点便宜。社会上如此，党员干部队伍中类似现象也不少见。什么“秘书帮”“石油帮”“山西帮”，或以行业结帮派，或以地域拉山头，搅动的暗流多大，世人已经清晰。如此违法乱纪，“关系”纽带越紧一圈，党性初心便失一寸，民心民意便远一分，铁窗囚笼则更近一步。

以利相交者，利尽而散。小平同志多次指出，不能把党内同志之间的平等关系，变成猫鼠关系、帮派关系。这些年来，我们党也特别强调要“营造党内民主平等的同志关系”。谆谆告诫，莫不是致力清除附着于“关系”之上的灰尘，让其回归本来要义。摒弃人身依附、相互利用的市侩习气，回归清清爽爽、肝胆相照的平淡之交，远离利益交换、各取所需的交易市场，营造干干净净、干事创业的政治生态，我们党、我们的干部才能始终同人民心连心、同呼吸、共命运，永保鱼水关系。

官风正则民风淳。斩断利益交织的盘根错节，当“关系”又成为一个普普通通的名词，大家都明明白白交往，规规矩矩办事，风清气正的社会氛围就会蔚然而成。

(2015—2)

莫言谢绝“大师”的分寸与担当

王石川

近日，拿了诺奖的莫言回国了。对于自己在别人眼中的形象，莫言也不希望现在与得奖之前有什么变化。得了诺奖后，舆论中有人开始称莫言为“大师”，更有人把莫言形容为“前无古人”的伟大作家。在机场简短接受采访时，莫言给予了否定：“永远不敢称‘大师’。‘大师’这个称谓有它内在的含义，谁要是叫我‘文学大师’，我会觉得暗含讽刺意味，我觉得自己远远不够。”

20多年前，莫言的伯乐，时任解放军艺术学院文学系主任徐怀中就断言，莫言具有大师潜质。如今，获得诺贝尔文学奖之后，莫言成为文学大师似乎是顺理成章之事。莫言作品最主要的英译者葛浩文就这样评价过，莫言是“寓言与幻像、多重叙述和风格变换的大师”。但是莫言却谢绝文学大师的称号，并明确表示“喊我大师是讽刺”，这释放了什么信号？

这是清醒。获得诺奖是文学殿堂中一次华丽的文学“加冕”，同时也是一种压力。调查显示，获得诺奖之后的作家基本上难再有佳作，莫言清楚地知道这一点，因此他说过：“诺贝尔奖对作家来说往往是一个‘死亡之吻’，很难再出好的作品。很多作家一旦获奖，就陷入繁琐事务中去，影响写作。我尽量避免这种结局。作家最重要的不是开会和接受记者采访，而是写作。”如果心安理得接受大师称号，躺在大师的称号上优哉游哉，也许很难写出更好的作品。

这是谦逊。莫言在创作上“独断专行”，但生活中极其谦逊，甚至活得有些“窝囊”。12月6日，莫言在瑞典学院出席新闻发布会时说，“我父亲有一句话说得特别好：莫言是农民的儿子。得奖之前是农民的儿子，得奖之后仍然是农民的儿子。”从中可见，莫言的确很淳朴，这是一种可贵的淳朴，与一些人爆得大名之后得意洋洋、傲慢不逊形成鲜明对比。

这是聪明。莫言获得诺奖之后，有不少质疑甚至挞伐之声，有人认为他不够格，有的认为他不够尖锐，还有的认为他太幸运，如果他能获奖，中国至少有十多名作家应该获奖……这些质疑也许正常，但对莫言来说，有些不够公平。而莫言的聪明之处在于，他谢绝大师称号，也许使那些质疑者特别是过度找茬者多了一些无趣。

这也是一种警惕。毋庸讳言，这是一个大师匮乏的时代，民国以降的大师渐渐凋零，让人在仰望中黯然，但这又似乎是一个大师如过江之鲫的时代，出了几本书就敢称文学家甚至文学大师，画了几幅画也敢以国画大师自居。大师多如牛毛，实际上是对真正大师的侮辱，是对大师称号的亵渎。大师称号的贬值，使大师称号有些臭不可闻，真正有水平的人或堪称大师的人对大师称号避而远之，再正常不过。

季羡林先生生前曾表示，希望“三顶桂冠一摘，还了我一个自由自在身。身上的泡沫洗掉了，露出了真面目，皆大欢喜。”这三顶桂冠指的是“国学大师”“学界泰斗”和“国宝”称号。季先生的自谦一时传为美谈，更让人思索良久。我们这个时代确实需要大师，大师多多益善，但是为何真正的大师这么少？真正接近大师的人为何谢绝大师称号，而一瓶子不满、半瓶子晃荡的人为何热衷于戴上大师的帽子？

莫言谢绝大师称号，这是一名作家的分寸与担当。问题是，他想谢绝就能谢绝吗？君不见，有太多的人、企业和部门正在排队过度消费他，正在夸张地给他戴上各种廉价的高帽。如果尊重莫言，就别过度消费莫言；如果真正善待莫言，就从培植大师生存的良好土壤和空间做起。

(2013—1)

慈禧老太的改革

吴　昊

清末，英法联军打进北京，慈禧老太从故宫后门仓皇出逃，经昌平、怀来、大同到西安，一路上吃了些苦头，她体会到“时局艰难，百端待理”，以后要“力图变法，锐意振兴”。她感受到，她的大清，她的作为，她的规矩，再不改改，怕是不行了。谁都晓得，慈禧老太在戊戌变法中，是顽固派的代表，她反对变法、镇压变法者，康有为、梁启超被她赶跑了，谭嗣同等六君子被她杀掉了，光绪皇帝被她软禁了。戊戌之后，秋风萧瑟，人心惶惶，人们谈“变”色变！可现在，情况变了，慈禧老太转换了角色，她要改革了。还别说，老太的改革，还真的有行动，她先是派载泽等五大臣分赴东西洋考察政治，后提出预备立宪，预备议院，预备选举，地方谘议，地方自治等。五大臣出访后，她又派汪大燮、达寿、于是枚三人出国考察。张之洞在一次与慈禧“策问”时提了些不同意见，张说：“派人出洋，臣觉其毫无效验，即如前年派五大臣出洋，不知考察何事，试问言语不通，（怎）能考察其内容？臣实不敢信。此次三侍郎出洋，不过将来抄许多宪法书回来塞责，有何用局？甚是可危。”（张之洞之先见，不知如今动辄出国考察实则游览世界名胜者以为如何？更不知像慈禧老太那样，有权组织那些作恶多端的贪官出国考察者以为如何？）对重臣张之洞的话，慈禧连理也没理，而在一次懿旨中她这样写道：

> 自经播越，一载于兹，幸赖社稷之灵，还京有日，卧薪尝胆，无时可忘。推积弱所由来，恨振兴之不早……尔中外臣工须知，国家安危之命脉，即中国民生之转机，余与皇帝为家庙计，舍此更无他策。尔诸臣受恩深重，务当将应行变通兴革诸事，力任其难……余与皇帝，宵肝焦劳，母子一心，力图兴复。

那么，慈禧老太的改革与戊戌变法有什么不同呢？在一本名为《慈禧外记》的书里是这样写的：

> 太后乃一极有主见，极有权力之女士，从不肯示弱于人，（岂能）使美名归于戊戌之新党。太后此时所拟行之新政，大半即康有为等戊戌年之所主张。惟欲顾全体面，故使国人知太后此时之变法维新，实根本不同于前日，且更新于前日也。太后宣布新政，凡带有戊戌年之形迹者，皆不言之。以戊戌年之新政，太后曾以猛烈之手段扑灭之者也。凡此等等，皆欲使愚民谓太后今日之所为，非如康有为等乱徒之所为。然太后所提议施行之新政，实无异于康有为等之所行，且有时过之，所真不同者，唯此次变法，太后为其主动者，前此则为反对者而已。

作者颠来倒去说了半天，意思是慈禧老太是要改的，她的改，比康梁变法“且实有过之”，而为什么又用“猛烈之手段”把康梁变法“扑灭”了呢？原来“所真不同者”，就是“为其主动者”也。说白了，就是改革的旗帜不能落到别人手里，慈禧老太要领导改革，掌控改革，左右改革，人们不是称她为“老佛爷”吗，一切事情都要在老佛爷的手心里进行，改革也不例外。只有这样，改革才能为老佛爷所欲。光绪三十四年八月一日，皇帝在九年预备立宪逐年推行筹备事宜谕中说：“朕亲奉慈禧端佑康颐昭豫莊诚壽恭钦献崇熙皇太后懿旨……宪法、议院、选举各纲要暨议院未开以前逐年应行筹备事宜……要不外乎前次迭降明谕：大权统于朝庭，庶政公诸舆论之宗旨。”

皇太后那一大串读不成句的头衔真的不好读，但一字也不能少。所谓“迭降明谕”的十二个字“大权统于朝庭，庶政公诸舆论”，最核心的就是六个字“大政统于朝庭”，慈禧要改革的领导权，要由她来举起改革的旗帜，目的不在于改什么，而在于不改什么。不改什么呢？老太的位子，大清的国体，朝廷的权力，是不能改变的。其他“庶政”，就由尔等臣工去改、去革、去变。

不知始自何时，慈禧老太被人称为“老佛爷”“西佛爷”。她不是天子，但却凌驾于天子之上，与天上的佛祖是一个级别，世上万事万物都要玩控于她的手心里。慈禧老太对这一称谓十分欣赏，她要让人千秋百代地叫下去，她要永远做中国人的“老佛爷”，这才是她的改革底线。在她之前，她的祖宗乾隆皇帝就说过：“朝纲独断，乃本朝家法。”什么改革呀，变法呀，扯淡！那是人家“家法”，康梁之类读书人糊涂就糊涂在这里。即使在封建社会，清朝的统治也是最顽固、最落后的，这也就是为么，到了清朝末年，中国这样一个有几千年封建历史的国家，不能实行“君主立宪”，而必须进行革命的一个重要原因。

(2014—2)

何妨自美，何当隐恶

鄢烈山

为后人留一份有价值的“写真”，怎么写？

粗略地说亦无非要讲究史德、史识与史才。

所谓“史才”并不重要，体例如何，谋篇如何，文字是否精炼生动，都不重要，只要有文献价值就有存在意义。

这里主要讲史德与史识两方面。

讲史德，最重要的是存真，如实道来。

文学是“作品的形象大于作者立意”，历史是“事实纪录高于作者感受”——他人与后人的解读必定会超过作者本人的所思所想。

古人讲史德的箴言是“不虚美，不隐恶”。这是就总体而言，或者说是对史官而言，对他者写史而言；具体到个人写史，这个原则需要细化，可以辨析。

“不虚美”，重在一个“虚”字。不能像韩愈先生为赚润笔之资为人代笔写的那些“谀墓”之辞。今天大人物死了发布的追悼词，个个都是优秀的共产党员和卓越的革命家，谁信？

只要不是“虚美”，不是胡吹，不是自我镀金，个人写史又何尝不可以自美呢？

95岁的曾彦修先生出版了一本《平生六记》。曾彦修是延安时代的老革命，当过人民出版社“反右领导小组”组长，单位的“反右”动员报告都是他在作，“右派”名单也要经他之手上报。为了完成“右派”的指标，他把自已的名字报上去，成了党内第一个被揪出来的“右派”。

曾老问心无愧地说：“（运动高压下）我可以一百次骂我自己是乌龟王八蛋，但我决不会说一次别人是小狗、小猫。这条界限，我一生未逾越过。”曾老把他的这些经历和这种自豪感记下来，于我们丰富对历史对人性的认识不是很有意义吗？

关于“不隐恶”，也不是绝对的，有些个人恩怨和好恶应该“隐”去。正因为历史记录不是虚构的文艺作品，人们会把个人根据变形的记忆改写的事实当真，所以需要审慎。

比如《南方周末》创办人左方先生，在香港正式出版了回忆录《钢铁是怎样没有炼成的》。其中关于南周部分，对比网上的访谈可知，书中只忆办报理念和过程，凡涉及个人恩怨的褒贬之词一字不留地删除了。这样品位更高。

讲史识，关乎作品的思想深度和高度。有句哲学意味的话，讲生命的意义，叫“我思故我在”。写史者的识见也决定了作品的高下。

对于当代中国人来说，要强调两点：

一是对自己，只有自我省思才有境界的升华。

比如诗人、杂文家邵燕祥先生，他的自传系列有《沉船》《人生败笔》《找灵魂》等，2014年又发表了《戴灰帽子的人》《“找灵魂”补遗》。他从不回避在思想改造中的迷误，将自我检讨与批判等资料坦然地收入著作中，供大家认识这代人的心路历程。这种真诚固然令人尊敬，却也是建立在他总结历史教训，深刻体认昨日之非的思想认识基础上的。

二是涉及他人，在剖析前人的同时，要有同情性理解，既有今天的认识高度，也有对当时历史大背景的体察和宽宥。

刚读了李南央在香港大山出版社出的文集《我的父亲李锐》，就是这方面做得比较好的。作为生活在西方国家的女儿，李南央对共产党的看法与父亲视角不同，父女之间也有争议，但双方都意识到社会历史背景不同，一代人有一代人的历史使命，互相理解和尊重。因此，这种写实有思想深度，也有情感温度。

(2015—1)

权力成“春药”

杨洪立

不难发现，近年来，相当一部分官员的“性趣”是越来越浓了。贪官更不必说，凡被查处的贪官，大多有淫乱问题，且“性贿赂”愈益严重。难怪有“经典语录”云：每一个贪官的后面，都有一个或一群漂亮的女人。

且看几个丑陋的例子。据传，原铁道部长刘志军有18个“二奶”，在他被抓时，竟有两女同时在床上服侍。原吉林省人大常委会副主任米凤君被抓时，也是同时与两女淫乱。张家界工商局长黎××因淫乱过度，竟然一丝不挂地累死在一个20岁女孩的床上。十八大以来被查处的贪官中，重庆北碚区委书记雷政富，与18岁女孩淫乱的视频被曝光网上。广东省短短几十天内就有8名厅级官员被查处，多人也有性淫乱问题。

此外，除了养情人，包二奶，有的官员还公开嫖娼招妓，甚至群宿群奸。更有某些官员专意于玩弄奸污未成年少女，以破“处”玩“嫩”为乐成癖，当更加可恶，更是禽兽不如。

这种现象说明了什么？说明官场中的道德意识正在流失，说明某些官员的生活情趣正趋低下，也说明在一些官员头脑中理想信念正在淡化，一种纵欲享乐的腐朽思想意识和生活方式正侵淫着一些官员的灵魂。有人嘲讽说：某些党员干部是“党性挂嘴上，女性挂心上”，虽然刻薄，但在一定程度上反映了某些官员的真实状态。

这种丑恶现象的出现，会带来什么影响，造成什么后果，当也是不难发现和预料的。首先，就是影响了官员们的思想和精力。一个心挂女性，经常盘算如何勾女人、会情人的官员，又怎么可能会把精力用到工作和建设上？其次，这种丑事的出现，会直接破坏党员干部尤其是领导干部的形象与威望，对于这种色鬼淫棍，人们只会谩骂与唾弃，他所说的漂亮话又有几人会相信和服从？其三，对于社会而言，它则起到很坏的影响与引领作用，会让社会风气、社会道德一步步败坏下去。如今，社会上包二奶、养情人，乃至嫖娼卖淫活动愈演愈烈，当与此不无关系。

自古以来，人们对好色淫乱之行就大加贬斥，痛恨不已，统治者也想了不少办法，颁布了不少法规，民间也有许多不成文的规则。其中，有关戒色戒淫的诗文及诤言毖语就十分之多。有一首关于戒色的诗写道：“色是浮云百宝妆，贪恋娇娥不久长。董卓贪色长安死，吕布贪色下沛亡。纣王贪色江山失，幽王宠褒把命丧。世人都把美色爱，袖里藏刀暗损伤。”诗中所讲的道理、所列的事实，都十分精当有理，令人警省。当然，其中也包含了一种“红颜祸水”的思想，是不那么恰当的，应予抛弃。今天，仍有人将官员的好性贪色归咎于女人或“性贿赂”者，显然是推脱掩饰之术，十分拙劣。

尤其值得注意的是，对于某些官员“性趣”浓烈及淫乱之行，官场竟有一种见怪不怪甚至可以放纵不管的思想，“性贿赂”潜规则甚至有公开化趋势，这就更加可怕与更应重视。重庆公安局原副局长文强死前，曾说过这样一句话：“如今一个干部要是不贪不色，谁敢相信你，重用你？你工作干得再好也没有用。”此言有多大可信度，大可存疑，但一定程度上可反映当今官场现实。还有一位“专家”针对官员与女性发生性关系的新闻报道，说如果用“嫖”的字眼，显得太不尊重官员了，应该使用“宠幸”一词。此论更是怪得出奇，邪得出格，无耻之尤。

老话说“温饱生淫欲”，如今又新出现了个“权力成春药”。无庸置疑的是，官员中“性趣”的增长，官场中“性贿赂”的存在，同样是权力不受监督和约束而产生的恶果。面对这种丑恶现象，看来是，对党员干部特别是领导干部生活作风上的问题不重视不行了，对部分人腐化堕落、淫乱好色的行为不管不行了，对个别人的性犯罪更是不抓不行了。在推进反腐败斗争中，从上到下，应将这一问题当做一个重要方面来抓来管才好。

（2013—1）

为“不死”的套话送终

于文岗

套话，已经不光是客套话或特定场合的标准话了，用“一种程式化的组合语言”界定，似乎更符合实际。

听多了，发现套话具有简话繁说、短话长说、句话段说的特点，本来一句话或几个字就能说明白的，非给你花里胡哨、虚头巴脑地整一大套，给人的感觉是“外表很华丽，内容很空虚，言辞多刻意，做作不朴实，像是玩游戏”。

借问套话何处有？台上夸夸其谈人。有道是：“汇报工作假话多，计划总结大话多，调查研究空话多，领导讲话套话多……”君不见，主席台上、麦克风里、红头文中、耳闻目睹，话都是一套一套的，诸如“一……二……三……四……的‘数字包’套”、对偶对仗的四六句套、铿锵成列的排比句套、合辙押韵的顺口溜套、翻来复去的车轱辘套、不同样式合成的组合式套……像大家熟悉的“高屋建瓴、主题突出、内涵丰富、客观全面、论述精辟、催人奋进”就是堆砌辞藻、被各个层级抄来抄去、不时拿来用用的“四六句套”；“讲成绩实事求是，讲问题毫不遮掩，讲目标令人振奋，讲措施具体得力……”则是标准的“总结报告七言评介套”；最近蹿红的雷政富“反腐语录”：“树立正确的权力观、地位观和利益观，从政先修德，做官先做人，律人先律己，时时处处自重自省、自警自励，慎行慎独，慎始慎终，认真算好利益账、法纪账、良心账……”除了说者口是心非外，也是一段四层合成的“组合式套”。

哪来那么多套话?

某些人，受虚夸、浮躁、作秀之风影响，不在如何解决问题上想办法，不在如何把事情办好上下功夫，专在“语不惊人死不休”上耗精力、炼语句，在把话说得好听好记、说得漂亮成套、说得雷人惊心上费心思、绞脑汁。终于，功夫不负有心人，形形色色、五花八门的这套那套，构成了汉语套话的洋洋大观。见面打招呼全是“领导好”；主要负责人全是“大领导”；发言打招呼全是“尊敬的”；有问题不说“不好”、有缺点不叫“不好”，叫“不是很好”；差距也不叫差距，叫“提升空间”；问题多、差距大的称作“提升空间还很大”。相比之下，人们期盼的真心、诚意、实话以及好活儿、漂亮事倒显得少了。

老子曰：“信言不美，美言不信。”用今天的话说，大意就是：诚信的实话未经加工所以不美妙动听，而词藻华美的言辞往往不真实不靠谱，这也正是前人所说的“雅含虚伪，俗含真理”。

“事以简为上，言以简为当”“少则得，多则惑”“简洁是智慧的灵魂”，说的都是发言讲话做文章以及做工作办事情以越简越好，而没有说越长越漂亮越复杂越繁琐越好的。可见，不仅要说真话，还要把话说得质朴简洁。

何以致简?《论文偶记》说“凡文笔老则简，意真则简，辞切则简，理当则简，味淡则简，气蕴则简，品贵则简，神远而含藏不尽则简，故简为文章尽境。”清人刘大魁不仅给出了致简八路径，还力挺言简意赅为文章之最高境界。

真话简说，邓小平堪为典范：“两手抓”“三步走”“硬道理”“翻两番”“一国两制”“三个面向”，凡话总直截了当，一语中的。“善喻者，以一言明数事；不善喻者，百言不明一意”，“黑猫白猫”“摸着石头过河”，由此可见一斑。

其实，无论哪一层级的领导讲话、报告、文章，无非看其对局势有否深刻洞察、是否提出了关键要害问题，对问题有无精辟分析和是否给出了解决问题的简便有效方法与措施。

改文风，力戒假大空，当为套话送终。这对官场、职场人士，尤其是各级领导人员来说，最最重要的是人格独立，“不唯上、不唯书、只唯实”，自己想问题，用脑袋思考问题，做到思想反映现实，语言匹配实际，而非人云亦云、鹦鹉学舌，这是第一步，也是最起码的要求。如果在敢说话、说真话、说实话的基础上，再做到说简话，说新话，说老百姓的话，那就迈出了第二步，当算良好了。如果还能像邓小平等说出艺术、说出自己的风格来，便属优秀杰出、可为人师了。当然，这非浅功所能达到的。

(2013—1)

小小平台，美美不同

余心言

田大姐，河北邢台人，52岁，儿子在北京上学，她在北京街头经营一家报刊亭。

一位女顾客来了，还没等对方开口，她便一面招呼着，一面拿出十多元的《参考消息》。原来这位妇女顾客爱看《参考消息》，有时出差顾不上来，田大姐就给她留着。这位女顾客也在别处买过，可是别人都不这当回事，有时留报，有时不留，甚至回了老家也不打个招呼。现在就爱在田大姐这儿买了。

有一位中年女顾客，就因为田大姐热情报务，每次需要电话充值，都愿意步行二十几分钟到田大姐这儿来。

附近的小学生买杂志，带的零钱不够了，田大姐都让他们先拿走，以后再带钱来。

有的顾客要买某一种杂志，遇到田大姐这里卖完了，缺货，她就赶紧主动到批销中心或者附近其他报刊亭帮人家找来。这种事别人往往不愿意干。一位外国朋友来问家居类刊物，不知买哪一种好。田大姐介绍了两种，让人家比较，对方全买了。

一位孕妇来买《孕味》，田大姐又向她介绍了《妈咪宝贝》和《孕妈咪》。对方也都全要了。

有人在报刊亭附近跌倒了。田大姐搬出凳子让人家休息，还问人家要不要打120求助。从此报刊亭又多了一位常客。

发现顾客丢了钱包，有的还装有重要证件，田大姐都帮人家留着。

有的人住得近，不但经常请田大姐帮忙留爱看的报刊，甚至连快件都放心地委托田大姐代收。

这些都是小事。北京有一家报纸把田大姐的这些小事集中起来，登了一整版，题为《田大姐用真情感动读者》。

我觉得报纸登得好。我看了也受到了感动。感动之余，我还认为田大姐就在报刊亭这个小小的平台上，为全面建成小康社会的大业做出了自己的贡献。

全面建成小康社会的目标之一，是要在十年之内使全体城乡居民的人均收入提高一倍。怎么才能提高呢？当然要做许多事。但就总体来说，只有全体居民创造的社会财富总量提高一倍以上才有可能达到（因为人口还要增加）。这当然不是说每个人的劳动生产率，每个人创造的社会财富都增加一倍。这是不可能的。总是有的人增加得多些，有的人增加得少些，有的人甚至很难增加。从全社会看，能增加得多的人多一点，难增加的人少一点，社会才有希望。这不能只靠加班加点提高劳动强度来实现。那样做是有限度的。要靠科技进步，要靠劳动组织的合理，靠节约成本，靠提高产量的附加值。但是许多具体的岗位也不是都没有潜力。像田大姐这样做，并不见得多付出多少艰辛。她自己说，都是应该做的。无非是讲热情，讲诚信。但是她的顾客一天天多起来。她在这个小小的平台上，不是等着别人来提高自己的生活，而是实实在在地用自己的劳动为别人提供美，也为自己创造更美的生活。

(2013—1)

悬念包装广告

张　琳

据媒体报道，自广电总局正式颁布“限娱令”以来，经过半年多的时间，各地卫视相继调整了综艺节目，“过度娱乐”的情况大为改观。

如今，各卫视的综艺节目的确是比着创新，争着活泼，过度娱乐变成适度娱乐、健康娱乐，但与此同时，“过度包装”的问题却也凸显出来。

什么叫“过度包装”？就是“馅儿少皮儿厚”。拿《中国好声音》来说，什么是馅儿？好声音、选手真实的奋斗故事就是“馅儿”；什么是皮儿？飞来舞去的各式广告、轮番轰炸的导师宣传、无处不在的所谓悬念，就是“皮儿”。俗话说：包子有馅儿不在褶儿上。观众乐见巧妙、适度的包装，而笨拙、过度的包装只能是本末倒置、适得其反，久之就不招人待见了。

8月24日，浙江卫视《中国好声音》终于迎来了“导师考核”阶段的首场节目——刘欢队专场。节目最后，刘欢组最后一名挑战成功的选手居然要留到下周节目再公布，如此设置，着实惹恼了不少观众，认为这种生生掐掉结尾的做法实在有些过分！许多观众、网友表示：这是在挑战观众的底线；依仗着你收视率高，沦落为广告中间插播《好声音》了！

除了用各式广告层层打包节目，以导师的百变表情和卡通造型笨拙地“包”来“装”去外，《中国好声音》自开播起就大打“质疑回应”牌，不仅狗尾续貂般地在节目之后派杨坤给选手派发“椅子”，回应一些原本不为人知的所谓“质疑”，更对所掌握的一切宣传机器猛踩油门，自我炒作、自我编排、自我传播、自我质疑……

一档能够得到广大观众肯定、称赞和追捧的好节目，必然会具备几个不可或缺的基本要素：积极、健康、向上的内容，轻松、活泼、多样的形式，以及匹配、适度、科学的包装和运作，并且这三者是完全可以达到完美统一的。只有把正的、好的、美的节目扶起来、立成标杆、以为镜鉴，才能使歪的、坏的、丑的现出“真身”，无处遁迹。

回过头再说包装的问题，大凡包装，其初衷，其终极目的，无非是为了烘托、彰显内容之好。《中国好声音》如此包装，让我们不由得联想起每年中秋节前夕的月饼包装大战——你来五层，我就敢招呼十层包装；你贴金包银，我就敢镶钻放金砖……最后，包装满天飞，不仅劳民伤财、暴殄天物，而且使人们对月饼本身的好感、兴趣日渐寡淡。

但愿那些刚刚有了良好开端和势头的综艺节目以此为鉴；也希望那些如日中天的节目能把眼光放长远，切莫做包装的奴隶、广告的附庸。得观众者，多助；失观众者，寡助。杀鸡取卵，何其傻也。

（2013—2）

识得水性好节水

长　石

周末闲逛，在奥林匹克公园里发现一块“世界水日”的宣传板。这是笔者头回知道这个纪念日，粗略一查，今年已是第23届。

说到水，职业的惯性让我一下想到了节水。参加工作这些年，节水的文章没少写，可写来写去逻辑不外乎是因为缺水，所以节水。这样的文章应应景是可以的，可真指望这能对推动全民节水有什么价值，的确有些奢望。其实，节水更多还要靠内心认同来驱动的。打心眼里识水、知水、多些水性，才能对节水的理解更进一层，行动上也才能对几分自觉。

“上善若水。水善利万物而不争，处众人之所恶，故几于道。居善地，心善渊，与善仁，言善信，政善治，事善能，动善时。夫唯不争，故无尤。”这是2000多年前老子对水的经典概括。以水为师，其实具有非凡中国智慧的选择。

水有最高的品德和善性。因为它有很多他物包括人类所不及的特性。概括一下，主要是三点：一是不争，二是处恶，三是七善。

首先是“不争”。你高山挡住了我，我就绕道，从来不硬碰硬地争个我高你低，看上去委曲求全，与世无争。但是，最终的胜利都属于水，你看看浩浩荡荡的大江大河，虽然河道七弯八绕，但是什么也挡不住它前进的脚步。

水的不争，还体现在不居功、不自傲。其实人跟所有的生命体几乎一样，就是一个不折不扣的“水货”——人体大部分是水造的，水占人体重量的70%左右。但是，除了渴了，我们一般意识不到水对我们意义如此重大。

其次是“处恶”：它停留在众人所不喜欢的地方，所以接近于道。水之道，在不争之争，通过示弱、守柔、处阴，实现最终的社会大治、自然和谐。而水顺势而流，不怕低下，最能体现中国传统文化的精神内涵。

再次是“七善”：居善地，心善渊，与善仁，言善信，政善治，事善能，动善时。要理解“上善若水”，最难的就是这七善，最关键的也是这七善。

就像所有的比喻一样，这七善明着是描述水，其实是描述上善之行、上善之人。又因为所有的比喻都是跛脚的，所以，必然有的特性更像描写水，而有的特征更像描写人。不过如果仔细琢磨，两者又可以相通。

最像描写水的是前两善：居善地，心善渊。居善地，顺接了水的“处恶”，并且提升一层，处恶恰恰是找对了停留的地方。心善渊，描写水的深度，静水深流，让人莫测高深。这两善，又可以用来比喻上善之人——上善之人应该甘于处于卑下位置，而不是总想着占据在舞台聚光灯下，上善之人应该表现得深沉一些，不能总是在人生舞台上咋咋呼呼，就怕别人忘了自己。

更像描写人的是后面五善：与善仁，言善信，政善治，事善能，动善时。因为这五善直接描述了人类社会的人际沟通、言谈、从政、做事、行动，提出了仁、信、治、能、时的标准。当然，如果从水的身上找这五善的根据也是有的。

可见，我们每位社会成员，如果能够自觉拜水为师，主动涵养水德，并依据水德行事，就能够遇事不争、和平相处，讲求仁信、善治善能，待时而动、绝不强求，节水之行自是水到渠成的。

(2015—2)

谐园

北京记趣：多余的一句话

佚 名

我那天坐公交车去找朋友，车上人不多，但也没有空位子，有几个人还站着吊在拉手上晃来晃去。

一个年轻人，干干瘦瘦的，戴个眼镜，身旁有几个大包，一看就是刚从外地来的。他靠在售票员旁边，手拿着一个地图在认真研究着，眼不时露出茫然的神情，估计是有点儿迷路了。他犹豫了半天，很不好意思地问售票员："去颐和园应该在哪儿下车啊？"

售票员是个短头发的小姑娘，正剔着指甲缝呢。她抬头看了一眼外地小伙子说："你坐错方向了，应该到对面往回坐。"

要说这些话也没什么错，大不了小伙子下一站下车到马路对面坐回去吧。但是售票员可没说完，她说了那多余的最后一句话：

“拿着地图都看不明白，还看个什么劲儿啊！”售票员姑娘眼皮都不抬。

外地小伙儿可是个有涵养的人，他嘿嘿笑了一笑，把地图收起来，准备下一站下车换车去。

旁边有个大爷可听不下去了，他对外地小伙子说：“你不用往回坐，再往前坐四站换904也能到。”他说到这儿也就完了那还真不错，既帮助了别人，也挽回北京人的形象。可大爷哪儿能就这么打住呢，他一定要把那多余的最后一句话说完：“现在的年轻人哪，没一个有教养的！”

一位小姐就忍不住了：“大爷，不能说年轻人都没教养吧，没教养的毕竟是少数嘛，您这么一说我们都成什么了！”这位小姐穿得挺时髦，两细带子吊个小背心，脸上化着鲜艳的浓妆，头发染成火红色。可您瞧人这话，不像没教养的人吧，跟大爷还“您”啊“您”的。谁叫她也忍不住非要说那多余的最后一句话呢：“就像您这样上了年纪看着挺慈祥的，一肚子坏水儿的可多了呢！”

没有人出来批评一下时髦的小姐是不正常的。可不，一个中年的大姐说了：“你这个女孩子怎么能这么跟老人讲话呢，要有点儿礼貌嘛，你对你父母也这么说吗？”您瞧大姐批评得多好！把女孩子爹妈一抬出来，女孩子立刻就不吭声了。要说这会儿就这么结了也就算了，大家该干吗干吗去。可不要忘了，大姐的“多余的最后一句话”还没说呢：“瞧你那样，估计你父母也管不了你。打扮得跟‘鸡’似的！”

后面的事大家就可想而知了，简单地说，出人命的可能都有。

这么吵着闹着，车可就到站了。

车门一开，售票员小姑娘说：“都别吵了，该下的赶快下车吧，别把自己正事儿给耽误了。”当然，她没忘了把最后一句多余的话给说出来：“要吵统统都给我下车吵去，不下去我车可不走了啊！烦不烦啊！”

烦不烦？烦！不仅她烦，所有乘客都烦了！整个车厢这可叫炸了窝了，骂售票员的，骂外地小伙子的，骂时髦小姐的，骂中年大姐的，骂天气的，骂自个儿孩子的，真是人声鼎沸，甭提多热闹了！

那个外地小伙子一直没有说话，估计他受不了了，他大叫一声："大家都别吵了！都是我的错，我自个儿没看好地图，让大家跟着都生一肚子气！大家就算给我面子，都别吵了行吗？"

听到他这么说，车上的人都不好意思再吵，声音很快平息下来，少数人轻声嘀咕了两句也就不说话了。但你们不要忘了，外地小伙子的"多余的最后一句"还没说呢："早知道北京人都是这么一群不讲理的王八蛋，我还不如不来呢！"

想知道事情最后的结果吗？

我那天的事情没有办成，大伙儿先被带到公安局录了口供，然后到医院外科把头上的伤给处理了一下，我头上的伤是在混战中被售票员小姑娘用票匣子给砸的。你们可别认为我参与了他们打架，我是去劝架来着。我呼吁他们都冷静一点儿，有话好好说，没什么大事儿，没什么必要非打个头破血流。

我多余的最后一句话是这么说的："不就是售票员说话不得体吗？你们就当她是个傻蛋，和她计较什么！"

(2014—4)

编

读

喜爱《北京杂文》的N个理由

彭友茂

前不久获赠今年第一期即创刊号《北京杂文》。64个页码，我一页不漏、一字不落地拜读后，深感这是一本内容丰厚，极富学术精神和特色，不可多得的学会会刊。

北京杂文学会，实际上是首都杂文学会，会员不仅有北京市的，还有中央所属部门、驻京部队单位的同志（段柄仁语）。再加上作者“无问出身、不讲位分”，“以本会会员为主”又兼及全国，兵多将广粮足，刊物办不好都难。它的这种办刊优势，是好多兄弟会刊所不能比的，不说也罢。这里只摘其要者，说说《北京杂文》让我由衷喜爱的几个方面。

它于细微处见精神，见精深。那篇悼念徐怀谦的文章《又为斯民哭健儿》，文末括号里有句告白：作者为文艺评论家，怀谦的同事、领导。

这个小注，文艺评论家后面这个逗号用得好，值得一说。在同事与领导两个词中间用顿号，大部分写文章的人都能做到；但能在文艺评论家与后面的内容中间不再继续使用顿号，将其切换成逗号的，老实说不多——多是连用顿号，一“顿”到底。从语法上看，小注的这三项内容并非同一层级：同事与领导，指悼念者与被悼念者二人的关系，是一个小的层面，两词之间用顿号没啥可说的；可“文艺评论家”这个称谓，仅为该文作者一人拥有，与被悼念者无涉。这样，在它的后面就不宜再使用顿号，为体现文意升级换代，进入一个较大的层面，必须改用逗号维系。如果统统以顿号将三个称谓连缀，那就无异于将萝卜、茄子一锅煮。而一锅煮，于语法，于逻辑，都说不通。这个小注的处理，让逗号、顿号联袂登场，各有分工，使表情达意富有层次感，显示出编辑良好的语言文字修养。

我很欣赏编辑对若干篇稿件题目的改动，更欣赏编辑将原题附在文后。这样处理，既显示了编辑对作者的尊重，又能使原文作者与广大读者趣味共品评，疑义相与析。

我很欣赏杂志为了培养新人，刊登了杂坛初出茅庐者基本达到发表水平同时又明显十分稚嫩的稿件，更欣赏编辑于文末对文章充满善意、直言不讳地指出毛病和问题。这对作者是指导、鼓励，也等于告诉所有写杂文尚不太得法的写稿投稿者，杂文该怎么写，不该怎么写。多好的编辑呀！

再从整本杂志的校对质量看，皇皇10万字，我看过后数了数，真正的错字只有两个，而且还是彻底的“彻”错为“切”，至极的“至”错为“致”，鲁鱼亥豕之误也。即便算上个别文章“得”“地”“的”三个结构助词不分的几处混搭现象等欠妥处，编校差错率也远低于新闻出版总署规定的万分之三。

“合抱之木，生于毫末；九层之台，起于垒土。”《北京杂文》选文精，硬伤少，质量上乘，厚重大气。若是“‘内’刊”升（格）“‘外’刊”，公开发行，相信也不愁订户。

（作者为《临沂日报》高级编辑）

(2013—3)

跋

野蔷薇礼赞

王乾荣

蔷薇，长得矮矮的，趴在地上或顺墙攀援，所谓“无力蔷薇卧晓枝”，小棵丛生，植物类属于藤本，难说亭亭玉立，跟高大伟岸的乔木，更不沾边儿。

杂文，绝对是小摆设、小闹闹、小玩意儿。

蔷薇花虽小，却是世界著名观赏花卉。

小小杂文，因为鲁迅，成为名响华夏大地的文种，不也可供赏析？

蔷薇花盛开，呈现红、白、粉、黄、紫……五颜六色占全。

杂文，浸润着大千世界万事万物之富养，把“乱花”开遍天涯——您说这世上哪一种文学样式，具有如此洒脱浪漫的

“杂色”？

所有花起初全是野生。但是家养后仍保持“野性”，其花热热闹闹绽放得满地满墙满栅栏皆是者，独有蔷薇；中国著名生物学家俞德浚教授，便把蔷薇直接命名为富有原生态韵味的“野蔷薇”——您一定没听说过“野牡丹”“野莲花”之类吧？

杂文，其性宗“野”，从来如此，难登文学的大雅之堂，是没得说的；而“杂”和“野”近乎混体，淘宝网上，居然有家“杂野原创商店”，经营着五花八门的日用商品——杂文这家边缘化、平民化、山林化的“鸡茅店”，也就杂而小打小闹地野着啦。

虽然玫瑰、月季、蔷薇，从植物分类上均归于“蔷薇属”，在汉语中，人们却习惯将本属花型娇小而簇生的这一品种，独称为蔷薇——这位俏皮呆萌的尕妹子，远没有姊妹花玫瑰、月季的艳丽炫目，却是蔷薇属植物之正宗宝贝。

杂文虽野，却历史悠长，在种属分类上占着一个“文”字——其实也许，单打鲁迅那儿起，杂文倒是比叙述故事的“小说”、打打闹闹的“戏剧”、哼哼唧唧的“诗歌”，更具备蓬勃凝练谐趣的“文气”呢。

要紧的是，蔷薇尚可入药，其枝其茎上下，伴长着锐利的尖刺，一如鲁迅在《无花的蔷薇》中说，“无刺的蔷薇是没有的”。“花开堪折直须折”，而摧花手面对蔷薇的，却是刺。

美刺和针砭，几乎成为杂文的代名词——杂文若不带刺、了无药性，何以谈得上“刺人杀狗”、“疗救社会病苦”呢？又如何担当起独树一帜的、被蝇营狗苟之徒忌惮的这一文种的使命？

“尽日问花花不语，为谁零落为谁开？”“落时犹自舞，扫后更闻香。”而写下“无花的蔷薇”这沉痛之叹，实乃是鲁迅的曲笔。

蔷薇，哪能不开花呢？

鲁迅说：“只要能培一朵花，就不妨做做会朽的腐草。”咱们《北京杂文》几位小编，也许没资格做这样的“腐草”，但咱们愿意努力，遂至朽而无悔。

“春来还发旧时花”，咱们这本书，就美其名曰《蔷薇花开》。

蔷薇耐寒。

杂文不死。

是为跋。

赘语

本选集选文章时，先拉网式翻了几遍2012年至2016年各期《北京杂文》，几经斟酌、取舍，列了初步目录。但早先每期杂志编讫稿传印厂排版时，把word文档全部转换成了PDF格式，后者现在于选者电脑里提取打开，成了乱码，即是说，本次出书，无法使用PDF格式了。如此，选者只能在邮箱里寻找欲选文章的word文档，但当初编者与作者之间邮件往来频繁，有些作者同时给几位编辑传稿，导致混乱，乱中有的邮件已被删去，所以现在不能找到上述初拟目录里的全部文章，找不到的文章只好另换。

总之，本次选本选文，虽然注意到文章质量、文章类别、作者面等因素，力求做到较全面反映几年来《北京杂文》的风貌，但有些本该选入的作品，因无法提取，选者精力有限，无法按杂志已刊稿一字一字、一篇一篇地打出，只好遗憾地阙如，特此说明，敬希谅解。另，全书终审时，又有几篇撤下，来不及补了，在此一并向作者致歉。

好在，目下所选，不能说全是精品，也是选者眼中比较优秀的篇什；肯定有不当之处，还请读者批评指正。